想象另一种可能

理
想
国
imaginist

木心全集

鱼丽之宴

木心

上海三联书店

图书在版编目（CIP）数据

鱼丽之宴 / 木心著 .—上海：上海三联书店，
2020.5（2024.5 重印）
（木心全集）

ISBN 978-7-5426-6902-5

Ⅰ . ①鱼… Ⅱ . ①木… Ⅲ . ①散文集－中国－当代
Ⅳ . ① I267

中国版本图书馆 CIP 数据核字 (2019) 第 260608 号

鱼丽之宴
木心 著

责任编辑 / 徐建新
特约编辑 / 曹凌志
装帧设计 / 陆智昌
制　　作 / 陈基胜　马志方
监　　制 / 姚　军
责任校对 / 张大伟

出版发行 / 上海三联书店
　　　　　（200041）中国上海市静安区威海路755号30楼
邮　　箱 / sdxsanlian@sina.com
联系电话 / 编辑部：021-22895517
　　　　　 发行部：021-22895559
印　　刷 / 山东韵杰文化科技有限公司

版　　次 / 2020 年 5 月第 1 版
印　　次 / 2024 年 5 月第 7 次印刷
开　　本 / 787mm×1092mm　1/32
字　　数 / 56千字
图　　片 / 2幅
印　　张 / 5.5
书　　号 / ISBN 978-7-5426-6902-5/I・1570
定　　价 / 56.00元

如发现印装质量问题，影响阅读，请与印刷厂联系：0533-8510898

1990年在纽约中央公园

庚戌秋日
偕内人内弟重久及傔坂氏姬早出
经具太隅川钓鱼
便蓬莱町，出驹入辆院前
进渐载野，陡似窘幸
两车树木离州，如在山岭间
径尽忽豁乱，出一些峯上，即是田端
下视田畔罗列，草色尚青。虑来至[名五间
左折缩]逐不下为大路，夹踩赤以肩之色。
引车十丈许，雨忽至，以雨具予之，踌躇久之
荷具田家货靴品，水行竺，无忘者
重久言当买雨独行
乃分果饵去之役东车

阅读抄录的手迹

鱼丽之宴

目 录

3　江楼夜谈
　　答香港《中报》月刊记者问

15　海峡传声
　　答台湾《联合文学》编者问

45　雪夕酬酢
　　答台湾《中国时报》编者问

69　仲夏开轩
　　答美国加州大学童明教授问

89　迟迟告白
　　一九八三年——一九九八年航程纪要

附　录

119　战后嘉年华

153　有朋自西方来
　　木心珍贵的文友们（童明　辑译）

这是我"答客问"之类中的某些选篇,触及的话题虽只限于文学、艺术,因为也自有一番纷繁,故美其名曰"鱼丽"——本拟用"鱼敝之阵"作书名,当然更切合事实和私衷,无奈读起来不爽口,敝字又古奥,还是取"鱼丽之宴"吧,如此则原想叙叙人生上的利钝成败,结果变成了一场酒酣耳热的飨宴。

江楼夜谈

答香港《中报》月刊记者问

李邝 撰录

塞尚："如果我确知我的画将破坏，我将不再画画。"

勃拉克："如果我确知我的画将被烧掉，我将拼命地画。"

我们向坐在沙滩椅上的东方画家发问："您呢？木心先生。"

"我？"画家答道："我的画已经全部毁灭，也预知今后画出来的东西很难幸存。画之前、画之中、画之后，三重快乐是分内的。塞尚他们所烦恼的是要取得第四重母爱的快乐。延种本能在精神上竟也这样亢强，以致使那些才智过人的艺术家偏执到如此焦躁的地步。为了免于这第四重快乐，我曾一度成为文化形态学的赞赏者。"

快乐的传奇

"先生是指《西方之衰落》中的论证观点?"

"这类论点不自觉的引证者从来就很多,斯宾格勒整理了一番,可惜只注意巴比伦等九种文化的有机性。其实整部可知的人类文化史,才是意识形态的大戏。伊刚·福利德尔一辈想完成这个光怪陆离的体系,东拉西扯,强人就范,我感到乏味了,退而画画,但求分内的三重快乐循环不息。"

"第四重是精神延种的母爱的快乐。有第五种吗?"

"因画而生活安逸的快乐。"

"第六重?"

"因画而受人称道的快乐。"

"第七重?"

"没有。"画家吸纸烟,"塞尚的母爱是为了要把他的苹果放入罗佛尔大冰箱。"

"塞尚不要第五重吗?"

"也许吧!他不是大声嚷嚷法郎有难闻的气味吗。"

"那么勃拉克呢?"

"乔治·勃拉克先生的住处离此不远，请去访问了他之后，再回来继续谈吧。"

机巧的遁词！我们应和着笑。饮茶，嚼糖。

二十世纪行将过去。八十年代，一个春风骀荡的夜晚，东海之滨，画家的工作室，我们有幸拜赏了木心先生近三年来的一百余幅作品。我们已闻悉他是个奇特的人，画着奇妙的画，待到目睹这成集成册的杰作，完全超出我们宿构的臆想。华严深灵，变幻莫测，分不清何为必然何为偶然，何为表象何为观念，只觉得凛然，萧然，翩然，陶然，盎然，嫣然……这是什么呢，这个精神世界是达·芬奇、梵乐希、西贝柳斯踪迹依稀的幽谷，是王维、倪瓒、朱耷透露过消息的清肃酝酿之乡。它的广度深度是不可方物的。尤不可思议者是它的密度。其中五十幅风景（山水），画面特小，每幅蓄聚着极大的能量，使人目眩神驰。云冈的石像，其大令我们觉得非人所为，这集风景，其小使我们觉得非人所为。一伟美，一精美，都是魔术般令人迷惑、屏息……画家的灵思妙腕与象牙果核发丝上的雕工特技是全然不同的。匠人倚小卖小，以小取宠。木心先生则率性而为,他在丈二大轴八米长卷挥洒之余,忽就小幅,既不嫌方寸局促,对布局设色造像运笔亦概不介意,自由自在地调排着各种绘画因素,观赏者无从捉摸其起落始成,但觉神韵流荡,真元袭人……激动,狂喜,继之深深忧虑这样的图画的命运否泰了。隐忍不住,才借用塞尚、勃拉克的自白,冒昧启问,不料画家却冲谦自牧于三重快乐之内。

现代的初民

"先生何以预知您的作品将无一幸存,苛求的卡夫卡也还是留下吉光片羽啊!"

画家莞尔:"不是卡夫卡式苛求,是常识……塞尚、勃拉克,谁又能幸存?那种所谓'灯光与黎明之间'的艺术劳作,画家也许因为忙碌,来不及想到永生。人的自知之明,从狂热的宗教信仰终于冷却为宇宙论……无所谓悲观主义、乐观主义的宇宙家乡观念,岂不要笑掉伏尔泰的牙?明哲而痴心,也只有这样,才能以精练过的思维和感觉来与宇宙对立。你们所发的疑问，应是属于宇宙观的范畴，从宇宙至绘画，中间程序应是：世界观—人生观—艺术观。私情会使常识的程序颠倒，烦恼随之丛生。一个要洗手不画，另一个要拼了命画。为什么不能像孟德斯鸠那样双目大张保持一贯净朗的心境呢？"

画家的解释，蕴藉微茫却有助于我们领悟他从高处下、从深处出、从远处归的根本态度，我们用目光请求他继续讲下去——

"我是画着玩，我作画的态度近乎初民在岩洞中刻画牛形的态度，那时已经有展览会这样一回事了，在美术史插图中所熟见的太古壁画，当时一定也很轰动，初民们挤进洞来，指指点点，煞是热闹，那个身披兽皮或树叶的大画家，在画前，画中，画后，还没有意识到贝壳换陶罐之类的买卖——我这个初民却在岩洞中午睡，洞外市声鼎沸，全世界大大小小的画家都在兴奋贸易，熙熙攘攘，把我吵醒了，我像猫一样弓背伸懒腰，在一片嘈杂的人声中，辨出毕加索的嗓音：'猫吃掉鸟，毕加索吃掉猫，画吃掉毕加索……它又一点一点地吃掉达·芬奇，黑人雕塑吃掉黑人——到头来,都一样,差别在于他们自己并不领会这个道理而已,最后的胜利一定属于画。'我在心里笑:不一定,罗佛尔和夏洛克吃掉画,宇宙吃掉罗佛尔和夏洛克……浅浅的知识比无知更使人栗六不安,深深的知识使人安定,我们无非是落在这样的一片浅浅深深之中。"

一个观念

"先生就是凭借这广义的自知之明而创作?"

"不是创作,是画画。我有一个'读者观念',这个观念比我自身高明十倍,我画给它看。是赫胥黎吧,他在讲演之前,虔诚请教前辈大师:应该如何对待听众的水平?大师道:他们一无所知。我画到一半时,这个读者观念聚而明,明而显,百般挑剔,纠缠不去,直到这位梅菲斯特式的批评家悄然引退。只有'静,画,我'三者同在,才算是一个闪耀着的终点。福楼拜夫子自道,他是由几个可怜的观念构成的。与他相比,我更可怜,只此一个观念。"

这样的"读者观念",不知有几人能具有。

"马蒂斯把毕加索奉为唯一够格的批评家,木心先生除了心中的以'能'的形式存在的批评家之外,还有身外的以'质'的形式存在的批评家吗?"

"很多。人们看我的画,我看人们的眼睛。平时,画沉睡着,有善意的人注视它时:醒了。我借旁人的眼睛看自己的画,倏然陌生了,便能适意于与自己的作品的分离。我不如塞尚他们多情,多情总是累赘。每次从展览会中取回画件,看到它们疲惫不堪,因为它们缺少睡眠。周详警僻的评论固然可喜,一声稚气的惊呼更能使画苏醒。但是,既然'人人因被人认识而得益'成为一句流行的格言,那么先是格言本身被人认识,再是格言的设计者被人认识,而得益。一想到它的反面是人人因被人误解而受害,我就十分乐意得益了。但愿那位英国智者说得对:轮到别人的,也会轮到你的头上来。"

文化中年期

我们已经目击了画家的作品,又亲听了他亦庄亦谐的谈论，夜在深去，我们在告别前，未能免俗地作几则提问：

"听说先生正在写一论文《中国画往何处去》，能先告诉我们一个大纲吗？"

"中国画在技法上一直盘桓在渐变之中，已到突变的临界了。唐代文化接纳了印度波斯的影响，精神反特别旺盛，而唐之典范性亦反而更强。"

"先生对世界画坛的千门万户又有何说？"

"现代画派，纷纷扬扬，不论抽象具象，选择其中真诚有度者，一言以蔽之：'思无邪。'"

木心先生的临别赠言是：

"我们的时代是人类文化的中年期。真是巧合：太阳正处于中年期，地球亦处于中年期，人类文化经历了充满神话寓言的童年，文艺复兴情窦初开的少年，浪漫主义狂歌痛哭的青年，杰出的艺术各以其足够的自知之明为其所生息的时代留下了不可更替的特征。童年幼年是热中，少年青年是热情，而壮年中年是热诚。文化的两翼是科学与艺术，我们所值的世纪，后半叶，艺术这一翼见弱了。这个时代原以热诚为不可更替的特征的，可是毕加索一语道破：'我们这个时代缺少的是热诚……'我们，我们这些中年人，还总得梦想以热诚来惊动艺术。"

海峡传声

答台湾《联合文学》编者问

一九八四年台湾《联合文学》创刊号特设"作家专卷",题名"木心·一个文学的鲁滨逊",编者导言:

经由"联副",木心在国内文坛一出现,即以迥然绝尘、拒斥流俗的风格,引起广大读者强烈注目,人人争问:"木心是谁?"为这一阵袭来的文学狂飙感到好奇。

身逢动乱,木心的经历不平凡,成就也不平凡。在极为特殊的情况下,他始终坚持自我的生活理念、文学立场,像在一座孤岛上一样,不间断地从事创作。因此所谓"文学鲁滨逊"之说,实深含傲然雄视之情。

面对这样一位作家,《联合文学》满怀惊喜。经过长达三个月时间的筹划和联系,终于集木心小传、著作一览、木心答客问及其散文新作四帖等而成此一专卷。本卷合融木心人生观照、艺术风情,是国内首度最完整的呈现。

——摘自《联合文学》创刊号

问:从今年四月您在"联副"发表一九六六年后第一篇作品以来,短短几个月,已经引起国内文坛及读者的轰动,人人争问:"木心是谁?"可否请您介绍一下"木心这个人"?

答:当有人问:

"木心是谁?"

我的本能反应是:

"哪一个木心?"

福楼拜先生的教诲言犹在耳:

"呈显艺术,退隐艺术家。"

文稿上具名的"木心",稿费支票背面签字的"木心",是两个"木心"。

孟德斯鸠自称波斯人,梅里美自称葡萄牙人,司汤达自称米兰人,都是为了文学上之必要,法国文学家似乎始终不失"古典精神"。那么,我是丹麦人,《皇帝的新衣》中的那个小孩。

在远远的前代,艺术家在艺术品上是不具名的。艺术品一件件完成,艺术家一个个消失了。

痴心而明哲,明哲而痴心。唯其痴心,再不明哲就要烧焦了,因为明哲,没有这点痴心岂不冻死在雪山上。

那个在稿费支票背面签字的木心为那个在文稿上具名的木心先作这一点点介绍。

*

问:我们知道您八岁开始习画,什么时候开始写作?以何种文字发表?是否结集,有无计划出版?

答:小学时代,我的作文还真不错,我说:"姐姐,帮我开个头!"姐姐便执笔破了题,我说:"你这样写,叫我怎样接得下去呢?"姐姐嗔道:"真笨……"她承之转之,全文已得四分之三。我说:"唉,最后的感想最难了！""有什么难。"她又捉笔瑟瑟草就扔给我，我赶快称赞："姐姐真聪明！"看到她的笑容，便知下次求她再写是不成问题的。

可是抗日战争爆发了，不上学。家庭教师，当堂交卷，苦苦混到十四岁，明里五绝七律四六骈俪，暗底写起白话新体诗来，第一首是这样：

    时间是铅笔，

    在我心版上写许多字。

    时间是橡皮，

    把字揩去了。

    那拿铅笔又拿橡皮的手

    是谁的手？

    谁的手。

从此天天写，枕边放着铅笔，睡也快睡着了，句子一闪一闪，黑暗中摸着笔，在墙上画，早晨一醒便搜看，歪歪斜斜，总算没逃掉，例如：

> 天空有一堆
> 无人游戏的玩具,
> 于是只好
> 自己游戏着
> 在游戏着,
> 在被游戏着。

又如:

> 画一座琪花瑶草的无人岛,
> 画许多白帆向它飘
> 这也是膏笔的圆谎么

　　渐渐积多了,在嘉兴、湖州、杭州、上海的报刊上发表。记得有次寄出稿件后,卜了一签——"小鸟欲高飞,虽飞亦不远,非关气力微,毛羽未丰满。"好厉害!上帝挖苦我,我不再写诗而专心画图了。

　　一九四九年,已非小鸟了,却是铩羽西湖,因病得闲,闭门重读莎士比亚全集,觉得从前没有读过似的，觉得哈姆雷特是我兄弟似的，觉得哈姆雷特与唐吉诃德是天然的对比，觉得屠格涅夫只限于作"智"与"德"的区别，贬褒失误，偏于自责。我便接手这桩文学公案，把它扩大了——自由主义的，希腊思潮的，如"哈姆雷特"。极权主义的，希伯来思潮的，如"唐吉诃德"。一是明智的怀疑，一是专横的信仰，一重现世、快乐、审美，一重未来、苦行、义务。彼此消长起伏，居然从古到今势不两立。因为我年轻无知，才会真的写了一本"哈姆雷特泛论"。从此，就此，一篇篇写下去。某日独游灵隐寺，又拔了一签："春花秋月自劳神，成得事来反误身，任凭豪夺与智取，苍天不福有心人。"——这次可不是挖苦而是警告了。

从十四岁写到二十二岁，近十年。假如我明哲，就该"绝笔"。假如我有法国兰波之才，已臻不朽。但是我什么也没有，只有痴心一片，还是埋头苦写。结集呢，结了，到六十年代"浩劫"前夕正好二十本，读者呢，与施耐庵生前差不多，约十人。出版吗，二十集手抄精装本全被没收了。"尝著文章自娱"结果是"尝著文章自误"，因为"颇示己志"啊，接下来就非"忘怀得失,以此自终"不可。

现在是一九八四年。早年得悉司汤达曾经想写完全集,一并出版——我以为然,以为大可仿效。现在又决定一本一本出版了。中文本,封面插图自己设计。至于上帝对我的挖苦和警告,我也并没有不放在心上。

硬潇洒,你说有多傻就有多傻。

*

问:为何取名"木心"?(是不是"木人石心"之意?)是否方便公诸"本名"?

答:孙,东吴人氏,名璞,字玉山。后用"牧心","牧"字太雅也太俗,况且意马心猿,牧不了。做过教师,学生都很好,就是不能使之再好上去:牧己牧人两无成,如能"木"了,倒也罢了。其实是取其笔画少,写起来方便。名字是个符号,最好不含什么意义,否则很累赘,往往成了讽刺。自作多情和自作无情都是可笑的。以后我还想改名。

问：目前写作的环境、习惯、进度如何？

答：去年与林肯中心为邻，太现代文明，不适意。今年搬到琼美卡，秀木葱茏芳草鲜美，还不够称心。还要搬。写作习惯呢，说来真不怕人见笑，地下车中写，巴士站上写，厨房里一边煮食一边写，并非勤奋，我想：不写又作什么呢，便写了。最喜欢在咖啡店的一角，写到其他的椅子都反放在台子上，还要来两句：

> 即使我现在就走，
>
> 也是最后的一个顾客了。

进度一天通常是七千字，到半夜，万字，没有用的，都要反复修改，五稿六稿，还得冷处理，时效处理，过一周、十天，再看看，必定有错误发现。如果把某一文的改稿放在读者面前就可知道，我有多窝囊。

*

问：您的文章中，呈现古今中外丰富的学识涵养，令读者赞叹折服，可否谈谈您的学习过程？

答：我所有的都是常识而已。来美国，手头没有书了，全凭记忆来对付，有时四顾茫然，苦笑自己成了"文学鲁滨逊"。少年在故乡，一位世界著名的文学家的"家"，满屋子欧美文学经典，我狼吞虎咽，得了"文学胃炎"症，后来想想，又觉得几乎全是那时候看的一点点书。可见我是属于"反刍类"的。中国的古典文学呢，家庭教师无疑是饱学鸿儒，师生各得一"顽"字，师顽固，生顽劣，日本轰炸机在头上盘旋，先生要我写"忧国伤时"的诗，写不出，忽成一首七绝，三四两句是："大厦渐倾凭擎柱，将何良法挽神州？"老夫子摇头："束手无策，徒呼奈何？"我说："有策！""什么策？""将何、良法，萧何、张良的办法啊。"我心不在焉，想去开高射炮。

抗战胜利之后，与夏承焘先生成了忘年交，诗词往还，我才野性稍戢。关于中国古典文学，夏先生是无论如何比我懂得多。他手抄四福音书中的箴言给我，

《葡萄》篇，《梁木》篇，还有"主啊，兄弟得罪我，原谅他七次够了么……"他用来解释儒家的"恕"道，因为夏先生准备原谅我七十七个七次，所以我一次也没有得罪他。

像对待书一样地对待人，

像对待人一样地对待书，

我是这样学习的。

另外，公开一则我的写作秘诀——心目中有个"读者观念"，它比我高明十倍，我抱着敬畏之心来写给它看，唯恐失言失态失礼，它则百般挑剔，从来不表满意，与它朝夕相处四十年，习惯了——谢谢诸位读者所凝契而共临的"读者观念"与我始终同在，"以马内利"！

*

问：动荡的时代中，您如何在战争的摧折之下继续求学，在流亡的过程中什么是您的精神支柱？

答：老家静如深山古刹，书本告诉我世界之大无奇不有，丰富的人生经历是我所最向往的，我知道再不闯出家门，此生必然休矣——一天比一天惶急，家庭又逼迫成婚，就像老戏文中的一段剧情，我就"人生摹仿艺术"，泼出胆子逃命。此后的四十年是一天天不容易过也容易过。所谓"人生经历"，够了，现在缺少的是写作才能而不是写作题材。我发现很多人的失落，是忘却了违背了自己少年时的立志，自认为练达，自认为精明，从前多幼稚，总算看透了，想穿了——就此变成自己少年时最憎恶的那种人。我愧言有什么特强的上进心，而敢言从不妄自菲薄。初读米开朗基罗传，周身战栗，就这样，就是这样，就是这样了。我经历了多次各种"置之死地而后生"，一切崩溃殆尽的时候，我对自己说："在绝望中求永生。"常见人驱使自己的"少年""青年"归化于自己的"老年"。我的"老年""青年"却听命于我的"少年"。顺理可以成章，那么逆理更可以成章——少年时自己说过的一句话，足够我受用终生。

*

问:"文化浩劫"那段时期,您如何度过?如何继续写作绘画?

答:史学使人清醒。哲学使人坚定。我目睹很多艺文人士由于不具史学哲学的观点而临危大惧,张皇失措,彼此诬陷,怕死贪生。当此际,我方始明白史学与哲学原来有这样的实用性。此二学,我所涉不深,却也够我自始至终保持镇静。莎士比亚、贝多芬都赶上大街来批斗,我安之若素,因为无损莎士比亚、贝多芬一根毫毛,而有莎士比亚、贝多芬存在的世界,我为何不爱,为何不信,为何不满怀希望?上次在这里展览的画,半数是"浩劫"中画的(编者按:今年六月,木心先生应请在纽约林肯艺术中心国家画廊举行展览,观众踊跃,佳评如潮,林肯中心总监专文颂扬)。有一句英国谚语:"轮到别人的,也会轮到你的头上来。"那么,在作画时的命运,在展画时的命运,岂不是都被这句谚语说中了?所以读点历史书,居然颇有实用价值。至于"人在患难之中,恒以哲学自坚其心",那是法国的谚语,几乎是格言了。

问：您在文章中提到中学的时候爱写"罗曼蒂兮兮的诗",到了中年"诗"却让您有"窒息感",现在再回顾"诗",您的心情如何?

答：在《完美的女友》中出场的那个男人是石油专家、工程师,给他配上这样的"细节",以符合他的气质、性格的特征。我自己则出身是"小诗人"(成败不计),少年时写诗倒不涉罗曼蒂克,中年时读诗呼吸畅通(好的诗),平时也写得正起劲。可是消息传来,神话的时代过去之后,诗的黄金时代也过去了。欧美诗坛,既寥落又扰攘,近代的诗人个个兼评论家,闹得可厉害。结果是大家叹气散场。我心犹未甘,退而细细思量,世界范围的诗的黄金时代无疑真是过去了。我在《伊卡洛斯诠释》中开了一次追悼会。新的诗人当然还是这里那里地诞生,然而只能各进各的窄门。世人对诗人的三分尊敬,还是看在过去的诗的黄金时代所形成的概念的分上。人类文化已进入了中年时期。

前几年，香港《中报》月刊记者采访时，我提了这个观点："我们的时代是人类文化的中年期，真是巧合，太阳正处于中年期，地球亦处于中年期。人类文化经历了充满神话寓言的童年，文艺复兴情窦初开的少年，浪漫主义狂歌痛哭的青年，杰出的艺术家各以其足够的自知之明为其所生息的时代留下了不可更替的业绩，童年幼年是热中，少年青年是热情，而壮年中年是热诚……"中年人再说疯疯癫癫的傻话，缠缠绵绵的情话，未免太那个了，所以识时的知趣的现代诗人都重感觉，重悟性，用眼来听，用耳来看，用皮肤来思想，用脑子来抚摩——现代诗人是冷贤的，善节制，风雅内敛，虽然未必入圣，却是早已超凡。而且，"热诚"的演化，比"热情"的掀腾更醇厚清澄，"除了不是诗的，其他都是诗"，"忧郁是消沉了的热诚"。最近，我更莫名其妙地乐观起来，在前几天发表的一篇文章的结尾，我写道："诗的黄金时代会再来，不过大家还要聪明一点，诚实一点。"据说新大陆是哥伦布的信念使它浮出水面的。反正俏皮话和老实话要说的是一个意思。

问：在文学的表达形式中，您是否都尝试过诗、小说、散文、评论等体式的创作？是什么原因让您选拣散文为最常用的表达方式？

答：甜酸苦辣都尝过，诗甜，散文酸，小说苦，评论辣。我以咸为主，调以其他各味而成为我的散文，即：我写散文是把诗、小说、评论融和在一起写的。耶稣说：

"如果盐失去了咸味，还有什么可以补偿的呢？"

我的散文之咸，就是指这种咸。

因为生性鲁钝，临案试验了如许岁月才形成了这样一种不足为奇只供一己拨弄的文体。在法国，"文体家"是最大的尊称，中国古代也讲究得很，近代的散文则容易散而不文。还有所谓"浓得化不开"者的呢，化不开是事实，浓倒并不一定浓，也许是稠浊。我时常会想起"艺术成长于格律而死于自由"这句话，不仅是指诗而言，其他的，都往往被此一语道破，因为"格律"有两种，一是外在的有形的格律，另一是内在的无形的格律，忽视前一种，还可以是艺术，忽视后一种者，就快将不复是艺术了。

正在写一篇论"散文"的散文，发表时再谈吧。

问：目前所发表过的作品，是属于旧作？抑来美国后的新作？

答：《空房》、《烟蒂》，是旧作，凭记忆重写，有点走样。其他都是来美国后写的——自己觉得以前在中国写的东西还恬淡朴实些，在美国，惹上些华丽，肥了。我要进行"文学减肥"。

*

问：您用什么心情来看待"文学"乃至"艺术"及"人"？

答：说来真不怕人见笑，是抱着殉道者的心态。殉道未必得道，恐怕正是因为得不到道，只好一殉了之。我选择艺术作为终身大事，是因为这世界很不公平，白痴可以是亿万富翁，疯子可以是一国君主。艺术则什么人做出什么艺术品来，这个一致性我认为是"公平"。文学因为是字组成的，掺不得半点假。要掺尽管掺，反正不是文学了。

最好是"得道"，其次是"闻道"，没奈何才是"殉道"。古人是朝闻道，夕死可矣，今我是朝闻道，焉甘夕死——以"死"殉道易，以"不死"殉道难。我择难。

"人"呢，我爱。不是说"除了不是诗的，其他都是诗"吗，那么除了不是人的，其他都是人。很高兴。

有人称我是"人类的远房亲戚"，不知什么意思。

问：在您的文章之中，时常讨论到佛、道、基督等教的教义，可否谈谈您个人的宗教观，或信仰的历程？

答：一、我是哲学地人文地对待宗教的，或说，在最初的意义上宗教是哲学现象人文现象。二、因为没有宗教异端裁判庭了，我便借借题，借之说开去。三、释迦牟尼、耶稣，我敬爱极了，敬爱极了；李聃，我更敬爱极了（他可不是道教始祖）。

我之所以时常涉及宗教,纯属艺术的思辨,杠杆要个支力点("政治"、"爱情",也可以作支力点)。

如果有人当面问我:

你是有神论者?

你是无神论者?

唯心主义?

唯物主义?

他能得到的答复是我的一脸傻笑。

福楼拜说:"唯物唯心,都是出言不逊。"

我就接说:"有神论无神论,都是用词不当。"

我走过的路,不是信仰的历程,沿途所见的是一代代宗教家都背离其始祖的意旨,虚伪敷衍,曲解夸大,甚而作恶多端。所以我每涉宗教,言辞激楚,原因是出于对几位始祖的"敬爱极了"。

我的"宗教观"有待细说从头。

我重视"信仰",在《咖啡弥撒》中说了"宗教事小,信仰事大",在《哥伦比亚的倒影》中加深一度表呈这个观念。

也许我终于开始有"信仰的历程"了。

我信仰"信仰"。

*

问：您提到"宗教的种类愈多，宗教的意义愈少"，您是否怪罪宗教把圆融的宇宙本体解释得支离破碎？

答：最近，有朋自意大利来，说，在一老宅，新发现中世纪的某个预言家的手稿，内容还真不少，关于一九八四年以后的五年内将发生的大事呢，有一条是：耶稣第二次降临世界；还有一条是教廷被摧毁，教皇被驱逐。我想，两则预言未必应验，除非是基督来了，大家认不得，走了之后，才知道。

直接回答您的提问：

宗教从来没有解释过宇宙。

"创世记"作为一个神话是可以的。

"佛经"的层面如此复杂，似乎够得上"另立宇宙"，其实是以生理的心理的观点来揣摩生与死的关系。

迷路，并无小路大路短路长路之区别。不能说在大路长路上迷路就不是迷路了。走在达不到目的的路上，就是迷路。

企图解释宇宙的是科学家、哲学家、艺术家。其他的人在市场、赛马场、海滨浴场。

不必去怪罪宗教，宗教既不存心也无能力解释宇宙。当宗教要迫害科学哲学艺术时，我才叫起来，站起来，平常则完全可以相安无事，甚至相敬如宾。中世纪的"黑暗"在本世纪局部重现了两次，但愿没有第三次，这个世纪也就过完了。以后呢，谁知道。

所谓"宗教的种类愈多，宗教的意义愈少"，是指它们的自相矛盾。各宗教的互相攻讦，是"宗教逻辑病"，或称"宗教幼稚病"，用日文则更幽默些："宗教小儿病。"

问：假使不通过宗教，您认为人类还可以通过哪些方式去触及宇宙本体？如何与宇宙对话？

答：前一个问题中，我已答了，大致是：

一、"理"的探索。

二、"智"的推论。

三、"灵"的体识。

而人类始终只能独白。科学家、哲学家、艺术家，三个哈姆雷特在一个戏台上同时独白。

宇宙是不与人对话的。

科学家能做的是对"存在"的解析，是不具"创造"性的。四种"力"的发现，发现而已，"基本粒子"，定名错了，应改称为"非基本的基本粒子"。循微观世界的高速现象而探索，似乎有望触及宇宙本体了，危机是物质会消失，即是物质会转入人类无法观察的另一度时空架构中去，此架构目前无以为词，有人姑且叫它"观念"。不少分外敏感的科学哈姆雷特已经担心自己将落入虚无缥缈之境了。当理性到了既不够用又用不上的境界时，认输是不甘心的。所以我有点同情爱因斯坦，不愿说他前半生有巨勋而后半生白费心机。

哲学家，为"宇宙本体"这个谜吸引的人，一类是"宇宙拟人化"，原理同于"造神派"，谱系属于"泛神论"，最终表现是自制谜底加在"宇宙之谜"之上。另一类是把科学家的发现归纳起来，成了"科学的科学"，是"必然无神论"，最终表现是揭示了"宇宙是没有谜底的谜"——两者都不应用"唯心""唯物"去分别。

都以为哲学家是冷静的、无私的,其实在罗列论点、结构体系时,各自表呈了"愿望",黑格尔是用他的逻辑学一步步推得"总念"的吗?他是先有了"总念",才铺陈出一套逻辑来的。所以就乏味。

当哲学家仅仅在那里表呈"愿望"时,我看到的是人的不同的性格,那么,各派理论集成的哲学大纲哲学史,岂非是哲学家性格一览表。所以很好玩。海涅称伊甸园中的那条蛇为"无脚的女黑格尔"。

艺术家天真可怜,没有仪器没有方程式没有三段论没有大小逻辑,仰对星空,一个说:"伟大的母亲哟,请你接受我这破碎的心!"另一个说:"在那众星之上,必有一位慈父。"宇宙观念成了家庭观念了。年轻的艺术家是不谈宇宙的,要到垂垂老矣,独坐莱茵河畔的夕阳光里,知道"有情"落在"无情"中了,惆怅、悲凉、柔肠百转,百转而寸断,寸断而和光同尘。每次听贝多芬的第九交响乐至第三乐章,总觉得他在向宇宙诉情,在苦劝宇宙不要那样冷酷——我以为宇宙对不起贝多芬,宇宙应该惭愧。

三个哈姆雷特的独白,第一个咬字清晰,第二个条理分明,第三个声调优美。

宇宙不应答,大有外,小有内,众星系旋转运行,宛如一堆无人游戏的玩具。

人类还是克制不住地要去和宇宙对话,想用手指嘴唇触及宇宙本体,因为"生命"是由"好奇心""求知欲""审美力"掺和蛋白质之类而构成的。

我所引以为慰、引以为希望的是:科学哲学艺术三者的边缘关系将从不自觉转为自觉。

古代的文化是综合的,后来渐渐分解越分越细——可能会出现新的综合,那就又要号称"黄金时代"了,三个哈姆雷特坐下来谈谈吧。喝点酒是可以的。

问:在《爱默生家的恶客》一文中,您对"沮丧"的定义是:"正当看穿这世界的矫饰而世界因此而属于他的时候,他摇头,他回绝了。"请问您"沮丧"吗?在"沮丧"的背后,是否有您对生命、时代、世界的愿望?写作与绘画是增添"沮丧",抑或弥补了您的"沮丧"?

答:这篇文章就是在一度"沮丧"之后写出来的。《少年维特之烦恼》脱稿,哥德不想自杀了。我写完那篇文章后,心里也好受些。当然是由于对生命、时代、世界一往深情,不爱就不会失恋。写作和绘画既不会增添"沮丧"也不能弥补"沮丧"。凡是在《爱默生家的恶客》中已经说过的,恕不重复。

*

问:您私爱哪些作家和作品,影响您最深的是哪一家哪一派?

答:只有海明威才有兴致大谈其私爱的作家和作品。"君非海明威此一起码认识之必要"之必要使我不想回答这个问题。回忆自己年轻时,也是最想知道"谁私爱谁的书""谁受谁的影响""谁是什么派什么主义",仿佛只要明白了这些,就什么都迎刃而解了。再过些时候吧,要谈则痛痛快快谈,和盘托出——对于"作家和作品",我的"私爱"简直是"博爱",说了甲而不说乙,岂非忘恩负义。请原谅,换个问题吧。

问:在您的文章中,我们看到了与您共论寂寞的"丹卿",带您去看"梵蒂冈艺术藏品展览"的女同学,为您缝制丝质衬衫的女雕刻家……可否请您谈一谈您诸多的"情障"?您心目中最完美的女友形象?

答:那三个都不是"情障"。而我的"情障"又何止三数。而"障"已去矣,"情"犹常在,我不忍写。而以后可能长篇大幅地写,那就不再用第一人称了。"完美的女友"是说"反话",我过去的女友,一个也不完美,原因是我自己就支离破碎,当听到纪德说他"爱爱,不爱单个的人"——我吃了一惊,以为他窃听了我内心的自白。当哥德说"假如我爱你,与你何涉"——我太息,因为能做到的只有这一步,而这一步又是极难做到的……

*

问:在您的一篇文章中,您形容中年是人的"正是开怀畅饮的嘉年华",现在身处美国,可否谈谈将近"耳顺之年"的心情?

答:我在人生的列车到达"开怀畅饮站"时,下来买酒,一回头,车开走了……我至今还呆在站台上,您们来不来共度嘉年华会,欢迎!下面的"耳顺站"我不去了,准备改乘特快车,越过"耳顺",直达终点——现在是"人类文化中年期",做中年人最好。我赖着,就是不上车,也没有人来挟持我上车,夜是深了,不过是"白夜",正是开怀畅饮的时候。

*

问:未来的计划、行程如何?有没有可能与台湾的读者见面?

答:不止一次地周游世界,日日夜夜地写,也要画,最终目的是告别艺术,隐居,就像偿清了债务之后还有余资一样地快乐。台湾我曾游遍,阿里山、日月潭,真是美丽岛。与读者何日相见呢,在穆罕默德的许多故事中,有一则是他与山闹别扭,我愿是山,不愿是穆罕默德。

问:在写作方面,有没有长远的计划?是否打算触及某一方面的题材或思考?

答:青年时构想一部诗剧,介乎《查拉图斯特拉》与《浮士德》之间的东西,两幕写过,便知道这是不行的,无法表现近代的当代的思想和情操。从六十年代开始,酝酿一部《巴比伦语言学》,写法是:分章而连续。体裁就是这种融合诗、小说、评论的散文。字数当以百万计。主题是……怕被人说"雷声大,雨点小",写完后再看吧,七十年代起,酝酿另一部《瓷国回忆录》,传记性,应归小说类,字数倍于前者——两部都已着手写,能不能完成,总得在五年之后见分晓,因为同时要写别的东西。

世界是整个儿的,历史是一连串的,文学所触及的就是整个儿的世界和一连串的历史。有点,有线,然而如果是孤立的点,断掉的线,经不起风吹雨打。故意触及,是个人性的,必然触及,是世界性的;表面触及,是暂时性的,底层触及,是历史性的。没有人希望帕格尼尼一边拉琴一边说话,因为他已经说了。

"艺术广大已极,足可占有一个人。"这也是福楼拜说的。属于我自己的东西越来越少了,有时感到怅然若失……失去了什么呢?失去了什么呢——我又讪然回房,伏案执笔了。

隔着太平洋,看起来好像是"文学不明飞行物",其实是"文学鲁滨逊"。"唯有平常的事物才有深意,除此,那是奥妙、神秘。奥妙神秘,是我自己的无知,唯有奥妙神秘因我的知识而转为平常时,才从而得到了它们的深意。"这是谁说的,是我在自言自语。

音乐家,尤其是声乐家,老之将至,便举行"告别音乐会"。帕蒂就唱过了头,后悔莫及。我想,快快写,本世纪末年,举行个"告别文学会",场地人数不计,一块岩石三个人也可以开——现在想想就预支了快乐,我们在快乐中结束这次谈话吧。

雪夕酬酢

答台湾《中国时报》编者问

丁卯春寒，雪夕远客见访，酬答问，不觉肆意妄言——谓我何求，谓我心忧，岂予好辩哉。鲜有良朋，貺也永叹，悠悠缪斯，微神之躬，胡为乎泥中。

——阅录稿后识

问：您对作品的畅销与否的看法如何？

答：作品畅销，必然成名，而历史上一路过来的不朽之作，当时大抵未交"畅销运"。成名与成功很难兼得，通常是两回事，成名不一定成功，成功不就此成名。

畅销书，也有确实可称成功的。如果并非成功，只是交了"适逢其会"的好运，那么，后来自有结果：一时成起来的大名，缩小了，没了。

各国各族的书市,总有各种热门的东西,无可厚非,在当时,厚者是非不了的——值得省视的是:畅销书标示着那个畅销范围的文化水准,一般都着眼于谁写了畅销书,其实问题不在作者而在读者,所以问题很大、很重,重大得好像没有问题似的。

*

问:您最喜欢的中文的文学刊物是哪些?

答:正在寻找中。

*

问:平均每天花多少时间阅读及写作?

答:两三小时。十一二小时。

*

问：古今中外的文学大家中,谁对您的影响最大?

答：一个人,受另一个人的影响,影响到了可以称为"最大"——这是病态的,至少是误解了那个影响他的人了。或者是受影响的那个,相当没出息。

受"影响"是分时期的,如果终身受一个人的"影响"——那是误解,至少是病态。

说回来,古今中外确实有一位大家,较长期地"影响"我——《新约》的作者（非述者）,主要在文体上、语气上,他好。

*

问：假如有笔经费,支持您的写作计划,您的第一志愿是什么?

答：这是很有意思的,这是一个"李尔王"的问题。假如有三个人作答,甲说：有了支持,必将写出经天纬地的命世之作。乙说：如蒙相助,不成功便成仁。

丙说：既能安心写，写完再说——看来这笔经费是付之甲的，或三七开、四六开，分给乙和甲。丙，没有希望。

美国的各种基金会，有专事奖励"天才"的，一旦物色到某人，由律师通知：如果您同意接受，那么每年可以自由支配这若干万美元，历若干年，OK，除了OK就不再顾问——如果那个"天才"把钱胡乱花掉，终于一事无成呢？该基金会答：即使如此，也是个别，绝大多数是卓然有成，以个别的损失，换绝大多数的效果，实在值得。

我想，所谓"志愿"，"第一志愿"，是早就有的，不是眼看有经费来了，"志愿"拔地而起。而且"志愿"如果能分为"第一""第二"……似乎不大像"志愿"，尤其对于写文学作品的人，"志愿"多了，就可能"非文学"了。

安逸的生活，良好的环境，使"志愿"实现得快些、顺遂些。否则，就慢些，波折多些，"志愿"还是要实现的。

写作，如果出于真诚，都知道"文学"有个奇怪的特性：写下去，才渐渐明了可以写成什么。所以"第一志愿"和"第二志愿"……同样是"要写得好"，如果"很好"，那就更好了。

凡是大言炎炎者，必定写不好——这一点也很奇怪。但可以坚信。

*

问：您认为中国作家中，谁最有希望获得诺贝尔奖？

答：不知道——只知三种必然性：一、是个地道的中国人。二、作品的译文比原文好。三、现在是中国人着急，要到瑞典人也着急的时候，来了，抛球成亲似的。

*

问：您当前正在阅读的书是什么？

答：瑞士的 Jacob Burckhardt 的《意大利文艺复兴时期的文化》，此书百年以来德文本及各种译本一直风行不衰，新版迭出。西方对待自身的人文传统的真挚态度，项背相望，气脉连贯。（中国任何一期前朝文化，都还没有这样的回顾评鉴的巨著）布克哈特的这本书，不以精彩卓越胜，系统性也只在就事论事，它平实，恳切，笔锋常含体温，所叙者多半是我早已详知的故实，却吸引我读，读着读着，浸润在幸乐之中。凡是令我倾心的书，都分辨不清是我在理解它呢还是它在理解我。

快慰之余，不禁想：假如中国也有人写这样性质的书（关于东西汉或南北朝或三唐二宋的文化演变），也是一部平实、恳切、满涵体温的巨著，那么，百年以来，也会风行不衰新版迭出吗——不可能。为什么不可能？这就要写一部书来解答，写出来之后，也没有人要看。所以不写。所以等于回答了问题。

*

问：最近看过的令您印象最深的一本书是什么？

答：重读少年时耽读的但丁传记，这次的作者是马里奥·托比诺，意大利人，写来尤其娓娓脉脉，我原来以为但丁的头发是栗色的，这才知道是金色，金发金心的大诗人。

边读边回忆少年时在故乡沉醉于"新生"的那段蒙昧而清纯的年月，双倍感怀——各有各的佛罗伦萨。

*

问：您觉得目前国内的文学水平与您开始写作时比较，是较高或较低？

答：四十年来，中国文学进进退退反反复复，现在耆老的一辈作家，差不多全是搁笔在他们自己的有为之年，所以只能说半途而废。据后来的状况看，即使半途不废，也许未必就能怎么样。试想，如果真有绝世才华，那么总能对付得了进退反复的厄运（别国就不乏这等颠扑不破的大器），环境、遭遇，当然是意外分外坎坷，而内心的枯萎，恐怕还是主因，"置之死地而后生"这句话就用不上了。用得上这句话的是中年一辈作家，可惜根底都逊于老辈，但也许正因为这样，所以劲道特别粗，口气特别大，著作正在快速等身中。面对这些著作，笼统的感觉是：质薄、气邪，作者把读者看得很低，范围限得很小，其功急，其利近，其用心大欠良苦——怎么会这样的呢，恐怕不光是知识的贫困，而主要是品性的贫困，品性怎么会贫困的呢，事情就麻烦了，说来必须话长，使人不想短说。接下去，是年轻的一辈，比之老辈中辈，那年轻的一辈最有幸，恰好在"不怕虎"的年龄上经历"史无前例"的虎虎十年，劳之，饿之，非常符合"天降大任"的模式。俄而国门开了，公费行万里路，私下读万卷书，动辄获奖，一蹴成名，照理实在是好事大好事，可是不知怎的总含着"梦"的成分，有受宠若惊者，有受惊若宠者，就是没有宠辱不惊者。"文学"，酸腐迂阔要不得，便佞油滑也要不得，太活络亢奋了，那个"品性的贫困"的状况更不能改变，而且，"知识的贫困"也到底不是"行路""读书"就可解决。时下能看到的,是年轻人的"生命力",以生命力代替才华,大致这样,大致都这样在以生命力代替才华——除了搁笔的和勉强执笔的作家,其他,都充满希望,足可一直一直希望下去。提问所指的那个整体性的"文学水平"呢,近看,不成其为水平,推远些看,比之宋唐晋魏,那是差得多了。推开些看,比之欧洲、拉丁美洲,那也差得多了。怎么这样比?其实——这样比,才有意思,否则,不用比,无从比起,还是一边食粥一边写,像那位不知诺贝尔奖为何物的曹侯这样地写,啜粥难免有声,其他的声可免则免。

*

问:您认为作为一个作家最重要的条件是什么?

答:诚吧。

(毕加索说:我们这个时代缺乏的是热诚,塞尚感动我们的是他的热诚)

＊

问：作家这个行业最重要的职业道德是什么？

答：就是前面这个问题。

而且，"作家"是个"行业"？当"道德"由"职业"来规范时，还可能是道德？

倒可以谈谈作家最不道德的行径是什么，那是：存心欺骗人，蓄意狎弄人，使读者习惯于被欺被狎，久而久之，以为不是这样就不是文学——"这样"的现状，正是作家的作孽。

＊

问：好的作品、好的作家，用什么方式鼓励"最受用"？

答："好的作品"，"好的作家"，谁来定这两个"好"呢，若说好的作品好的作家是由"好的读者""好的评家"来判定，那么，又多了两个"好"，又是谁来颁赐

的呢——姑置不论,姑妄就题论题:

已有好的作品,已列为好的作家,那就不需要鼓励。需要鼓励的是,写了些东西,不够好,而颇有可能写出好的东西来,那样的人(此时,称之为"作家"嫌早)鼓励鼓励,才值得设想一下什么是他所"最受用"的。

作品是物,物是无从鼓励的。作者是人,普通人,只要赞美。特殊人,但求理解。一流作家(漫长历史好容易作出仲裁的)其涵量百年千载理解不尽,赞美就显得很次要似的。如果在他有生之年,同代人能含糊地认知这种作家的"作品"的"人",这点认知,便是百年千载的"理解"进程的启始,算是早的、顺利的、侥幸的。而其实倒是"鼓励"了读者:一、大体轮廓上看出面对面的是何种性质的作家、何种性质的作品。二、能解的解,不解的保持不解,这样就减少误会和歪曲——所以,宁是读者"最受用",读者"受用"了,作者也不无"受用"之感。回过身来打量另外的那种只需赞美不求理解的"作""家",恐怕有着什么根本性的隐衷。《聊斋志异》里面有许多女的男的,俊俏伶俐,非常之需要赞美,非常之不求理解,一旦眼看要被理解了,便逃之夭夭。

那么,大概总不外乎用"理解"这个方式去对待作家,是最受用的吧,在进程中,夹入几个褒义的动词形容词,那就不必计较了。

*

问:您如果不是花这么多的时间写作的话,您想您会做什么?

答:骑马。弹琴(Piano)。烹调川菜。去西班牙斗牛,不,看斗牛;午睡,那边都午睡,小偷也午睡。我是为夜间写作投资。

*

问:在什么地方(环境)你写得最顺意?

答:繁华不堪的大都会的纯然僻静处,窗户全开,爽朗的微风相继吹来,市声隐隐沸动,犹如深山松涛……电话响了,是陌生人拨错号码,断而复续的思绪,反而若有所悟。

*

问:您个人是否觉得与社会颇为格格不入?作为一个文学家,您是否觉得自己与社会的主导价值、流行时尚颇有距离?

答:就人类社会的整体观念的结构性而言,我容易认同并且介入。局部的一时的"格格"呢,能迁就的迁就,不能迁就的便退开(为了取得"退开"的能动性,花了数十年工夫)。另外则好在我从来没有"作为一个文学家"的自我感觉。时常听到别人在说"我们作家……"如何如何,觉得完全隔膜,反正别人的"我们",对于我是"他们"("她们"),闪身让开,免得挡了道。关于社会的"主体价值""流行习尚",最好能处于"导演"的位置上,不行,便希望处于"演员"的位置上,又不行,退而作观众。社会是个剧场,观众至少也在剧场里，所以，若说"距离"，仅仅是观众席与舞台的一点距离，有时坐前排，有时坐后排，有时坐包厢，十八十九世纪似的。总之"距离"不大，大了就看不清演的是什么戏了——我是个戏迷，报纸上国际版、社会版的新闻每天看得仔细，文艺版娱乐版则一掠而过，不够戏味。我想，既然宿命地是个戏迷，我不入剧场谁人剧场？大概是这样，是这样的。

*

问：假如您的作品有正面的社会、政治影响的话，您希望它是些什么？

答：现代人（现代社会）缺乏或丧失两种远景：历史远景，理想远景。旧信仰式微之后，新信仰没多久就恶性地破灭了，再新的信仰，萌发不起来。如能凭借"过去"和"未来"的两极认知，结合为一个"观点"，并有赖于文学的本体性所可能潜起的亲和作用，便希望与读者共取这个"观点"，同事两种远景的执著，从而尝试判断,"现在"的失控,是否缘于"过去"的失落,必然导致"未来"的失败。(这个世界性的荒谬图景,表现在局部地域就特别彰著严重),"社会""人"变成不情不理无情无理的怪物。故以此反证:清醒于两种"远景"的存在感,尚能面临"失控"的年代时毕竟有所抗衡,有所肯定,有所葆储,有所荣耀,犹如古希腊人的"不丢盾牌"——道理粗浅如此,唯其粗浅,就不能不曲折盘旋地呈现它,才有可能近乎"文学",即隐隐秉着这个棘心的意念,漫无实际的功利目的,兀自调理一群岌岌可危的方块字,不使僭越"文学"的本体界范。事情就差不多了。书,大别之是两类,一类水手读,一类船长读。我喜欢水手,原是想给水手取乐的,写写又写得似乎是为船长解闷了。弄得两方都嫌烦,水手嫌古板,船长嫌胡闹——要是中国的文学作品果真能有正面的社会、政治的良好影响,那就太令人兴高采烈了。在欧洲,这种事是有的,有过几次。中国,看看像是有了,又没有了。这种像是有了终究没有了的事,给人以希望。但,还有一件事:莎士比亚,他的作品,对正面的社会、政治影响是些什么?

*

问:除了写作,作家对社会还有什么其他的责任?请列举。

答:应得向"作家意识"明确的人请教。很想听听,到底作家除了把作品写好之外,还有什么责任可尽,而且确凿是尽了的,以及正在尽和将要尽的总共有多少。更令人好奇的是:如果"其他的责任"尽得真不错,尽得好透了,而"作品"写得太那个,或者写得有点近乎糟糕——怎么办呢?

*

问:出版界对中国作家是否尽到应尽的责任?学术界呢?

答:出版界也很复杂哩,看不清的不谈,看得清的是眼前的书,很丑,形式上很丑,反而不及三十年代的稚拙得有风味。中国传统的书,极为雅致,十分讲究格调,在世界性的书的大观中,自成典范,说明祖先们全然精通此道。这个人文高度的标帜已属畴昔光荣,像古代衣冠,美则美矣,不为现代生活所许可。西洋的印刷机和技术(包括纸张、制纸法)传来之后,局面别开,而奇怪的是:对于字体、版式、印刷、装帧,整本书的形象效果,竟会历一百年尚未融会贯通——不是小事,事情大在整个民族的文化教养、艺术常识上,出版界看不出自己的书的面貌是丑时,而据说读者(购买者)就是喜欢艳俗、小家子气那种样子(书的作者们也颇安于现状),供方摸到了求方的心理,推演为:愈艳俗愈小家子气,销路愈佳。那么,从旁再加推演,十年百年下去,不堪设想的局面是堪设想的。

改善改良书的形象,有待整个民族新的人文高度的出现,单向出版界进谏,没有用,出版界,能卖得掉的才是书。

学术界,"学术界"之与"作家",似乎不存在"应尽的责任",真有这样一重精神生活上的伦理关系吗?学术界所事范畴广袤,对文学史、文学家、文学作品、文学思潮等方面的研究,仅是许多方面中的某些方面,如果这些方面的研究风气盛,成果大,并不映证当代的文学创作繁荣,更不是说对作家尽了责。只有"文学批评"一项,如果出了优秀的批评家,高超的大批评家,与之同代的作家、大作家受其照耀,都可能得个什么好歹名堂(但批评家、大批评家如果只对历史上的作家、大作家有兴趣,对同代的作家、大作家没有兴趣,那也不能埋怨他"不尽责"),反之,出了颟顸昏庸的文学批评家,那就只会乱了文学的"朝纲",争座位时,制造些专供外扬的家丑。所以,若论文学的学术活动,最好还是文学家自己来兼。西欧的情况,每每如此,尤其近代,创作的天才往往就是批评的大才,神而明之的诗人也博而精之地写论文、作讲演,出色当行极了。

从历史上求证,文学的学术活动与文学的创作活动不平行的时期多,平行的时期少。学术昌明,创作暗澹,有之。学术疲,创作兴旺,有之——历史上是这样,当今不外乎是这样。而希望的是学术创作昌明兴旺,因为历史上也曾有过这样的几个平行期。

问:成为作家以来,您所付出的最大代价是什么?

答:我的"以来",只是投稿、结集以来。没有"付出"而有"收入",例如稿酬、版税、赠书,都照收不误。一定要说"代价",除非是指自己花钱买自己的书,去送给别人,别人不喜欢,扔掉了——"代价"很小,付得起,以后也许还要送。写作是快乐的,醉心于写作的人,是个抵赖不了的享乐主义者。

*

问:您对目前市面的畅销书排行榜的看法?可能造成何种影响?

答:商品社会不受文化制约,便反过来制约文化。文化一旦成为商品,必然变质。古典、经典之作也会被弄得面目不清。次文化大量上市,把更次一等的作为陪衬,"次文化"就正名为"文化",至此"文化"名存实亡,至多作为装饰,购买者是消费者,书是消费品。书市凋疲固非好现象,书市兴隆何尝是文化景气。法兰克福学派成立之初,慨然定了"文化批判"的题,几十年来观察思索,得出的模式是:文化=意识形态=操纵性工具。"当代"也真不笨,意识形态可以用和谐的假象覆盖社会矛盾,文化成果不知不觉变成文化商品。法兰克福学派独创了一个词"文化工业",为了便于说明当代工业社会的文化,是经由对大众心理的控制而发生作用的。所谓"畅销书排行榜",正是很格致的例证。

"文化",原具有对现实的批判性、否定性、抉择性(超越现实的追求),然而当代工业社会文化,连一点内心自由和精神上的判断力也保持不住,整个世界沦为单向度的维护既成秩序的肯定性文化,以法兰克福学派的目光来看,这是当代工业社会的极权性的普遍表现,追根一直追到广义的"启蒙",浩叹为"启蒙的辩证法""文化的宿命"——面对这样的"世纪末",区区比之霍克海默诸公,心情自更悒郁,脾气也愈急躁,然而从东方来的过客,眺见西方的人文背景毕竟还是深厚,多元之多,多元之元,总觉得其间葆蕴着什么希望似的。反思中国文化命脉的延续和发展,只能期许于社会的多元架构的缔造。中国的现状是,有的地区"元"而不"多",有的地区"多"而不"元","文化"一直在商品和政令的夹缝里喘息,中国文化可真经得起折腾,这个韧性,也许便是希望之所在,不妨提前"其言也善",走着瞧而瞧着走吧。

仲夏开轩

答美国加州大学童明教授问

分身的欲望

问：如果我没有记错的话，你是一九八二年来到美国的，一直住在纽约，自八二年至今，你已写了十四本书，其中有诗、散文、小说，中文读者一般认为你是散文家，而你的小说也很奇特，中国修辞的幽雅微妙，与西方现代派行文的内向性逆反性，两相融洽，如鱼得水。现在你的短篇小说集即将有英文译本，你能否向英文读者谈谈你对自己的小说的看法？

答：我觉得人只有一生是很寒伧的，如果能二生三生同时进行那该多好，于是兴起"分身""化身"的欲望，便以写小说来满足这种欲望。我偏好以"第一人称"经营小说，就在于那些"我"可由我仲裁、做主，袋子是假的，袋子里的东西是真的，某些读者和编辑以为小说中的"我"便是作者本人，那就相信袋子是真的，当袋子是真的时，袋子里的东西都是假的了。

问：依你的观点推论，弗洛伊德对于梦和艺术之关系，其诠释全然没中肯？

答：没中肯，原谅他吧，因为他不是艺术家。而梵乐希的说法与我同调：艺术与梦正相反，梦不能自主，不可修改，艺术是清醒的，提炼而成的。

西方的陶甄

问：在你的作品中，蕴藉着深厚的西方文化精粹，有时甚至使人觉得这是西方产的，西方文化究竟如何影响你？是你的文学的起点，还是终点，或是别的？

答：人们已经不知道本世纪二十、三十年代，中国南方的富贵之家几乎全盘西化过，原因有三：一、大都会的殖民地性质辐射到小城市而波及乡镇。二、西方教会传道的同时带来了欧洲文明是系统的博洽的。

三、成年人对域外物质文明的追求，便利了少年人对异国情调的向往。到了现代，西方人没有接受东方文化的影响，是欠缺、遗憾，而东方人没有接受西方文化的影响，就不只是欠缺和遗憾，是什么呢——我们不断地看到南美、中东、非洲、亚洲的那些近代作家、艺术家，谁渗透欧罗巴文化的程度深，谁的自我就完成得出色，似乎没有例外，而且为什么要例外，外到哪里去？所谓现代文化，第一要义是它的整体性，文化像风，风没有界限，也不需要中心，一有中心就成了旋风了。某西班牙画家说，他望着雅典的帕特农神庙，感到世界上一切文明文化都是从这八根石柱中出来的。在生态平衡环境保护上，"我们只有一个地球"，在文化艺术上我们只有一位教师，黑格尔说"希腊始终不失为人类的永久教师"这句话时，我想并没单指西半球的意思。我只凭一己的性格走在文学的道路上，如果定要明言起点终点或其他，那么——欧罗巴文化是我的施洗约翰，美国是我的约旦河，而耶稣只在我心中。

问:你真诚的回答,很感人……

我想起一件趣事:黑格尔谈到世界整体性时,将历史的终点站设在柏林,你同意吗?

答:笑话是不需要同意的。

中国之本尊

问:那么你又是怎样对待中国文化精粹呢?

答:中国曾经是个诗国,皇帝的诏令、臣子的奏章、喜庆贺词、哀丧挽联,都引用诗体,法官的判断、医师的处方、巫觋的神谕,无不出之以诗句,名妓个个是女诗人,武将酒酣兴起即席口占,驿站庙宇的白垩墙上题满了行役和游客的诗。北宋时期的风景画(山水)的成就,可与西方的交响乐作类比,而元、明、清一代代大师各占各的顶峰,实在是世界绘画史上的奇观。西方人善舞蹈,中国人精书法,中国的"书法"之道,是所有的艺术表现手段中,最彰显天才和功力的一种灵智行为。雕刻呢，云冈石窟华严壮美，似乎已是流贯于宇宙的默契。中国古代的陶、青铜、瓷的各式器皿，若与希腊、罗马、拜占庭、伊斯兰、埃及、印度的同类制品较量，中国古工艺堂堂独步于世界诸大国之上。中国的古典文学名著达到了不能增减一字的高度完美结晶，而古哲学家又都是一流的文体家，你仓促难明其玄谛，却不能不为文学魅力所陶醉倾倒，甚至像卡夫卡那样在老子面前俯首称臣。庞德、梵乐希凭直觉捉摸中国，克洛岱尔、博尔赫斯依感官眷恋中国，达摩为何不去别处而要到中国来，这是禅宗的最大的第一公案。中国的历史是和人文交织浸润的长卷大幅，西方的智者乘船过长江三峡，为那里的一草一木一山一水饱涵人文精神而惊叹不止。中国文化发源于西北，物换星移地往东南流，流到江浙就停滞了，我的童年少年是在中国古文化的沉淀物中苦苦折腾过来的，而能够用中国古文化给予我的双眼去看世界是快乐的，因为一只是辩士的眼，另一只是情郎的眼——艺术到底是什么呢，艺术是光明磊落的隐私。

有限虚构

问：你的某些小说有自传的性质，却仍是小说，英文里小说是 fiction（虚构），但 fiction 不限于故事的营造，尼采说"凡是可以想到的，一定是 fiction"，Wallace Stevens 亦说"也许最后人们相信的是 fiction"，你说呢？

答：尼采的那句话，我宁愿读作"凡是可以想到的，已经是虚构的"，而 Wallace Stevens 的那句话，听起来又像叹息又像祈祷，不过小孩是相信虚构的，老人也回过去相信虚构了，只有青年中年人热中于追求非虚构。大而精致的虚构使人殉从，托马斯·阿奎那的神学的慑服人心就缘于此吧。而小说的虚构是很小的，稍大便成了童话神话。梦中情人与林中情人哪一个更可爱，你不用回答，因为，就是这个人。

"二律背反"间的空隙

问:还有一种传统的定义,认为虚构小说一方面是编造的,另一方面是真实的,似乎自相矛盾,其实就是"二律背反",是么?

答:当康德发现"二律背反"时,幸亏他有足够的自制力,否则邻居们将再也不见这位绅士下午出来散步了。我们只限于谈小说。那么,你可曾觉得二律之间有空隙,那终于要相背的二律之间的空隙,便是我游戏和写作的场地。

主体(主体 + 客体)

问:我还想追问"自传"一事,你究竟怎么考虑和处理"往事回忆"之类的题材,可否讲得更详细些?

答:我喜爱的并不是"往事",而是借回忆可以同时取得两个"我",一个已死,一个尚活着,中国的传统风尚是"死者为大",譬如说,官吏威严出巡,路人肃静回避,途遇送殡的行列,便自行让道,不论棺中的是贵族是庶民。现在的我也总是以尊重的目光来看过去的我,但是每每将一些"可能性"赋予了从前的我,或者说,当时我想做而没有做的事,我要他在小说中做了,所以有一位批评家就指出我惯用的公式是:

主体(主体 + 客体)

就是这个"主体"在看"主体看客体"——你说讲详细些,第一个问题的回答中不是已经讲过了吗,再讲则又像"往事回忆"了。

散文与小说

问:虽然为散文与小说作区别也许是徒劳的,更不必加以对比,但能否把两者的基本性质分一分?

答:散文是窗,小说是门,该走门的从窗子跳进来也是常有的事。

印象与主见

问:有时你称自己的小说为"叙事性散文",可以稍作解释吗?

答:长篇小说,我另有定义,我的那些短篇小说,都是叙事性散文,就像音乐上的叙事曲。哈代曾说"多记印象,少发主见",每隔一段时日我就会想起这句话,凡记印象的,当时和事后都很安逸,发了主见呢,转身便有悔意,追思起来悻悻不已。现在我用的方法是"以印象表呈主见",如果读者感受了我铺展的印象,他们自己会有主见,或许与作者的主见相合,不合呢,也罢。"主见"是一条一条的船,"印象"茫茫如海,很多人在做着船大于海的好事哩,昆德拉奋力颂扬福楼拜,又克制不住要写些使福楼拜见之蹙眉的章节。我希望这个"以印象表呈主见"的方法渐渐能用得好些,现在还没像肖邦、舒伯特他们用得好。

问:有人纯事印象,我觉得也不成其为艺术。

答：单就写作技法而言，珍珠是印象，穿过珍珠的线是主见，这样就是一串项链，线是看不见的，是不能没有不能断的。

思想与接吻

问：你的散文所涵盖的思想面积很广，而在小说中你却很少显露棱角锋芒，细读时又感应到一种难以指名的哲理氛围，那么，你的小说究竟有没有所谓"思想性"？

答："思想"为何不端坐在论文的殿堂里，而要踅到小说的长廊中来呢，"思想性"只能成为小说的很远很远的背景，好像有一条低低的地平线的那样子。小说的中景，尤其是近景，不宜有思想，思想是反对接吻的，而且常会冒出浓烟，那是要使人咳嗽的。

散步散远了的意思

问：可以说你是一位流亡作家吗？如果是，那么可否将你自己与其他国族的流亡作家做个比较？

答：如果我十四岁时有人称我为流亡作家，那是会很高兴的。流亡，大抵分两种：名列通缉令者，黑色流亡。漫游各国住五星级旅馆者，玫瑰色流亡。二者我不居其一。乔伊斯认定"流亡就是我的美学"，我只觉得"美学就是我的流亡"，观念世界的无尽飘泊，各安各的宿命，要说外在世界呢，本世纪的流亡作家分两代，旧俄罗斯蒲宁他们一代是仓皇脱根而去，后来在外国都枯萎了。东欧、苏联、南美的新一代可就身手矫健，"我在巴黎便更其布拉格"云云，我称之为"带根的流浪人"，枝叶茂盛硕果累累。乡愁呢，总是有的，要看你如何对待乡愁，例如哲学的乡愁是神学，文学的乡愁是人学，看着看着，我是难免有所贬褒的，乡愁太重是乡愿，我们还有别的事要愁哩。若问我为何离开中国，那是散步散远了的意思，在纽约一住十年，说是流浪者也不像。

动物性·植物性

问：当今的世界文学范畴内，许多作家——更多评论家——都强调作品的民族性、区域性，你是中国人，写中国题材也写西方题材，你是否更关心"人"的普遍性，你认为"人""人性"，这类问题应该如何对待？

答：你的提问中也许含有要廓清"东—西""南—北"的文学批评界的纷争的意向，那是政治偏见折射在文学上的刀光剑影，难说哪一刀是对的哪一剑是错的。如果认为普遍的人性即欧洲文化规定的人性，那又卷入"欧洲中心论"了，我已说过：凡倡言"中心"者，都有种族主义色彩，企图形成旋风，就有害无益——政治偏见，种族主义，不是我们要谈的事吧。

问：那么就谈"民族主义"和"人的普遍性"？

答：这是在大地缺乏盐分的危机时期，才会扰攘起来的问题，经上说：如果盐失去了咸味，再有什么能补偿呢,我挂念的是盐的咸味,哪里出产的盐,概不在怀。以民族性区域性来规范艺术作品,开始时还像是扩大了民俗学的研究阵地,到后来却在辨别谁家的盐是甜的,谁家的盐是酸的了,其实梅里美他们嘲笑"地方色彩",爱因斯坦也说"民族主义是小儿天花症",都早已看透这种既嚣张又自闭的不良心态,民族主义者很像布莱希特的《高加索灰阑记》里的那个总督夫人,为了争孩子,拉痛拉断孩子的手臂是在所不惜的,因为她是母亲呀,民族呀……我们还是回过来谈"大地的盐分"吧,纪德在晚年收到一封非洲青年的信,信中就是一番世纪性困惑的反思与前瞻,纪德说:"这是大地的盐分,使老得行将就木的我不致绝望而死去。"事隔半世纪,"人"要绝灭"人性"的攻势越演越烈,而我所知道的是,有着与自然界的生态现象相似的人文历史的景观在,那就是:看起来动物性作践着植物性,到头来植物性笼罩着动物性,政治商业是动物性的战术性的,文化艺术是植物性的战略性的,今后的胜负成败我不欲断言——我有的不是信心,而是耐心,中国人的耐心好得出奇,这算是我个人的"民族性"和"区域性"吧。

问:福克纳一九六二年在西点军校答士官生的一段话中有说:"如果民族主义进入文学,便不再有文学。我再讲得详细些,我的意思是,值得诗人去写,值得人们去创造音乐、绘画的那些问题,是人的心里的问题,与你属于哪个种族,肤色是什么,没有一点关系……"

答:是吗,福克纳说得直白。

问:文化艺术的植物性,植物性的战略性,这个论点大可发挥,请你继续演绎下去。

答:已在别的文章中有过初步的申述,以后还可能寻机会作些论证,这次就点到为止吧。

生—死·死—生

问:尼采说上帝死了,尼采之后如是说的人更多了,上帝之死现在被一些理论家引申为人文主义之死，尼采确曾认为与那个主宰道德世界的上帝相辅相成的人文主义随上帝俱亡，然而尼采呼啸的"悲剧精神"是什么呢，可不是更高深更远的人文主义吗？这似乎又是二律背反？尼采还说：上帝之死，只是被人们模糊地理解着。你是怎样看待这些生生死死的？

答：问题越谈越大，也越黑，我向来只是剧场中的后排观众，你要我突然坐到前排靠近舞台，又何苦呢。

问：这是你的"东方态度"，西方作家不讳言"大问题"。

答：你用的策略是中国的所谓"激将法"，我非"将"，激了起来也枉然，还是聊聊文学的家常吧，刚才还在说什么"远远的地平线"，怎么让"地平线"跑到客厅里来了。

问：打发掉这条"地平线"，我们就结束这次夜谈，明天我可以回校销差了。

答:"问题"不傻,回答这种问题是很傻的。

中国的成语"哀莫大于心死",就是指这种地步和状态,还有两个成语,叫做"绝处逢生",叫做"置之死地而后生",又是很可爱的逆论。眼前的时局和世道是:多数人忙着将传统的"人文"推向绝处死地,他们不知道他们做的究竟是什么事,因而更加飞扬跋扈。少数人想挽留"人文",他们知道要做什么事而做不了,越发显得优柔寡断。于是大家一起到了绝处死地——"绝处逢生"是侥幸的,机遇的,至多是一项软规律,那"置之死地而后生"呢,是强梁自为,兵法家的极限决策,我之所以引用这两个成语,并非有待机遇侥幸来纾解目前的绝处困境,也不以为有伟大的兵法家来驱使众生至死地去,只是感觉绝处死地有可能出现"再生"(Renaissance),感觉,毋需理由,如果定要说个理由,也是简明的:人文主义人文精神既然会遭厌恶,那么抛弃"人文"的那种"主义"和"精神"也将被厌恶而抛弃。你说"上帝之死"与"悲剧精神"似乎成了二律背反,我以为不是二律背反,而是扬弃和升华,与上帝偕亡的"人文"是基督教的苦涩的信仰和未来的期许,而上帝死后的"人文"是狄奥尼索斯的快乐的智慧和现世的歆享,所以颠之倒之,骨子里仍然是希伯来思潮与希腊思潮的消长起伏。尼采的原话"Death of God a Phrase Dimly Perceived","Dimly"你译为"模糊",如作"晦冥"解,或许更近乎尼采的本意,因为人们乍听到"上帝死了",便觉得眼前一片晦暗,自己也就更加冥顽不灵了——其实这件大事,倒可用这么小比喻来和解诠释。经上说:如果麦子不死,何来金色的麦田,上帝和麦子一样,是自愿死去的,可是金色的麦田没有出现,希伯来的和希腊的这样两大思潮不再互为消长,都快消失殆尽了。至于文学家个人的幸与不幸,则在乎一己所遇的是什么样的朝代,我以前总认为自己坐的是夜行车,驶过风景极美的地带,窗外大片黑暗,玻璃映见的是自己的脸……而今渐渐看到一层薄明投上车窗来。为柏林墙的推倒,我写了一首诗(《从薄伽丘的后园望去》),目睹苏联的崩溃解体,我又写了一首更长的诗(《彼得堡复名》),艾略特所见的是沉寂的"荒原",我们面临是喧嚣愤怒的"绝处""死地",但仍能听到阵阵钟声,闻者知是报丧,不知是新的福音,我们还参加过敲钟人的生日派对哩。

问:木心先生,请允许我在访问终了时,祝福你新的开始。

答:谢谢。

迟迟告白

一九八三年——一九九八年航程纪要

散文起缘

我与文学的因果,尚不欲作整体性的烦冗回顾,只想把离开中国后的十六年,作一番轻捷的掠视,这样做,是为了我要开始新的航程,自当抛掉累赘的东西。旅行最怕的不是关卡,而是自己的行李。

忆昔自少及壮,我从未写过"散文",西席老夫子命题无非"小勇与大勇论",等等,新派家庭教师是杜威博士的徒孙,又是什么"精神生活之诠释"之类,是故唐宋八家桐城竟陵只好当作闲书偷着看。后来的几十年我也只写论文、小说、诗,如果有谁说:何不也写写散文?我会答:"难道我已落到这等地步?"我之颟顸一至于此。其实在阅读上我也很爱看《永州八记》《浮生六记》,以及兰姆、帕斯卡尔……恺撒是散文之帚,大小普林尼,谬托知己,但要我写散文,那是不行的。

来美之初，单纯做个画家，倒也糊涂而松泛，画可以卖钱，钱可以买酒，帝力于我何有哉。不料造化弄人，像夏加尔所画的，从埃菲尔铁塔那边飞来一对天使，男的说：尔当作文章，写了交给我。女的说：你答应，我们就回巴黎，不答应，我们坐在这里不走。男女天使一起说：不要结婚，要写文章——记得我当时确乎昏昏沉沉清清楚楚地允承了下来，街头送别天使后上楼就写，一写十六年。命运之神有两只手，这手安排"那"，那手安排"这"，我是一介既不抗命也不认命的碌碌凡夫，而能守信于诺言之践履：是不结婚，是没有停笔。

"诺言"振起的不即是"文学家"的复苏，而先是"兵法家"的返祖——写，可以。发表，有方。成败关键在于取什么态度用何种体裁。

诗——看的人少，懂的人尤少。小说——转拨太慢，难显身手。论著——报刊不用，著毋庸议。

散文，唯散文方可胡乱挥霍，招摇过市。

当我定夺以散文作为阿世的曲学时，也就决策：一反过去的平淡迷离，而强使自己粉墨登场了。

漫长的年月中,我写那么多自己不愿写的散文,像是在代笔、在办公、在赎身。我秉持"玩世不媚俗"的原则,瞒过了编者和读者,谁也不知我写散文是我自己所勉强的乃至是嫌烦的,偶尔试试我从前的写法,立即引起埋怨、反弹,我连忙收缩,胆小得玲珑剔透,怪可怜见的。

粉墨登场,粉墨是人事,场是天命,从一九八三年至一九八九年,纽约的华文报业是个空前的兴旺期(不意真的绝了后),那时,《中国时报》、《世界日报》、《华侨日报》、《北美日报》,都把文艺版认真当一回事,海外的华文作者们起劲投稿,无形中存在着那么一个"海外华文文坛"(文坛是无形的好,有形的文坛是祭坛)。而媒体总是先要为自己做媒,几乎每月一次举办座谈会或宴请作家欢聚,文艺版的主编都十分敬业,殷勤斡旋,人气文气,煞有介事,也是我写得最快发得最多的一段历程。后来《中国时报》先关门,八九年后《华侨日报》《北美日报》相继闭户,就此冷落下来,残照也不当楼矣。以前在会议上筵席上频频晤谈的一批文人霎时销声匿迹,似乎气数已尽天命难违。

当时在一次宴会中,某女文人上来寒暄,而后道:"木心,你在欧洲走了好多国家才到美国的吗?"对曰:"是呀,像梦游一样。"——我从上海到纽约,什么地方也没有去过。又一次在时报主编特邀的座谈会上,有一大胡子的中年绅士移位过来与我通款:"我拜读过大作《恒河·莲花·姐妹》,佩服佩服,那真是深刻、恳切,观察精到呵。"他是联合国驻印度的外交官员,所以对我这篇散文特别留意,他又问:"木心先生在印度住了很久吧?"我答:"也没多久,浮光掠影浅薄得很,请多多指教。"他又感慨道:"我们坐办公室的人只与资讯数据打交道,比不得你们文学家既理性又感性,才能写得如此鞭辟入里,真是好文章,深入人心呵。"——我急等有人来打断我们的交谈,因为我的脚从未踏上过印度。

此二例,或已足道明我"粉墨登场"的无奈与谐趣。如果对那女文人说我没有去过欧陆,对那大胡子绅士说我未曾侨居印度,他们会发窘,落空失重,局面非常尴尬。所以一定得说"像梦游一样""也没多久"。而后来我盘桓英伦,遍历南北欧,反而畏于描摹目击亲炙的那一切，但丁如果真的下地狱上天堂，他也写不出《神曲》。凭资料加以推理想像，才有我的快感，才能将快感传与读者，不如此，何足以语文学（何足以活跃于社交场），"粉墨"可不是"欺骗"，是优伶本色。

　　知名度哪

　　某编辑将我文中的"穿花蛱蝶"改为"穿花蝴蝶"。她不明我之用"蛱"，典出杜甫，古时尚不分粉蝶弄蝶蛱蝶，故以蛱蝶为蝶类总称，杜诗"穿花蛱蝶深深见，点水蜻蜓款款飞"，我觉得"蛱"的音韵胜于"蝴"，便借来一用。如果是民国初叶或三十年代的报刊编辑，这点小知识总是有的，而今却被认为我连"蝴蝶"也会写错——后来见面时谢了她的改正。

　　另一位编辑收到我的短篇小说《夏明珠》，复信大加赞赏，尤其是那句"风月场中金枝玉叶的人"，真是可圈可点。他提议篇名可改作"沧海月明珠有泪"，因为故事发生在上海，主角名叫明珠，结局很悲惨，所以沧海月明珠有泪，再巧也没有了——这是一种舛戾的风气，怎么都顺手牵羊般地借一句唐诗来作文章文集的题名，古人是绝不会这样没自尊的，"五四"时期未见有无聊如此者，弄雅成俗何其酸腐惫赖，诚不知谁是始作俑者。

我当即函谢编辑先生：承蒙赐题，不胜荣幸，"沧海月明珠有泪"，实在妙极了，亏您想得到……

于是，很快就刊登出来，大大的标题，端的是"沧海月明珠有泪"，最佳版位，精致配图，一个少女倚枕而泣，背景是十里洋场外滩风光。

当我的小说集出版时，复名"夏明珠"，好像从泥潭里爬上来赶紧洗个澡，透口气。

曾有某报编者问："你认为中国作家中谁最有希望获得诺贝尔奖？"我答："不知道——只知三种必然性：一、是个地道的中国人。二、作品的译文比原文好。三、现在是中国人着急，要到瑞典人也着急的时候，来了，抛球成亲似的。"这段话被某作家扼要节引到他的书里，认为"一针见血"，什么血呀，如果译文比原文好，那么原文是什么东西呢，这种货色也值得贩卖吗？得奖，是中国人在瞎起劲干着急，瑞典人急个啥，而我的话尾是"抛球成亲似的",鄙夷之意,显而易见,整段话句句字字是讽刺,竟被当作正面的讲道理:中文作品全靠外文译得好,中国人得奖要等瑞典人发急——"一针见血",见的是误解者的血。但有人喜滋滋地传告我:某某在他的书中多次节引你的话,他对你钦佩得不得了。

我成立了一个公式:

"知名度来自误解。"

当此际,也冷眼看清自己前途的黯澹,我是抱着"人人因被人认识而得益"的信念而来到西方的,不料所得的仍是中国人对我的误解,区别只在于昔者是天网恢恢的整体的恶意误解,今者是众生芸芸的散点的善意多恶意少的误解,恶意的误解置我于绝境,善意的误解赋我以生路,坎坷泥泞,还是要走。

"兵法家"的返祖现象更彰明起来:广揽误解,以提高知名度。列奥纳多·达·芬奇的公式是高贵的:"知与爱成正比。"知得愈多爱得愈多,我的另类公式是卑污的是"误解与知名度成正比",误解越大知名度越大。

一九八四年,"知名度"已臻及可以办一个"散文个人展览会"了——台湾要创制一份最大型的华美的文学期刊,《联合文学》,主编向我提议:推出一个"作家专卷",包括散文个展、答客问、小传、著作一览,要在短期内完成而即付快邮。

区区自费留学生,每周至少三天要去学院进修,而在此时期日常撰文脱稿即发,以应纽约各报之约,实在没有库存可提,《联合文学》创刊号出版的日期已公布了,我连说声"有困难"也是多余的,所以我一口答应:好,准时寄到。

时维孟夏,寓处闷热,蓬头跣足,束紧腰带,这是一场恶战,"自"与"己"战,战赢了才好与"世"战。

不堪回首而实堪回味的那些朝朝暮暮,单间小房,下临大街,嚣嘈不舍昼夜,一条支路直冲我的窗子,风水是极凶的,我望之只作"前程远大"观,阵阵薰风中,我埋头疾书——《明天不散步了》,《恒河·莲花·姐妹》,《遗狂篇》,《哥伦比亚的倒影》……上学院签个名,躲进图书室,写,来回的地铁中,写,噢,过头三站了。

少年读普鲁斯特的《睡眠与记忆》,在文体上一见钟情,旋即想到用意识流手法写长篇小说是不智的,几乎是不可能的。后来读《往事追迹录》,果见流流而流不下去只好上岸，继之契机复起，又流了，又塞住。乔伊斯还不也是这样，伍尔芙夫人强持到底，作者累坏了读者也累坏了——生命、生活、生态、生灵，并非全以意识流为中边、为起讫的，迫使意识流为万能文体，"意识流"也就不高兴，成了"意识漏"了。

我用意识流手法写散文，或许与肖邦作钢琴曲稍有类似的之处，他的"即兴""叙事""练习"，我听来情同己出，辄唤奈何。而且他也不用 ff，不用 pp，强弱（轻重、快慢）是比较而言，毋须制造。文体家先要是个修辞学家、音韵学家，古义的音韵只在考究个别单字，宋朝的几位大词家就已是以作曲家的身份出入文学了。反过来说也对：肖邦是音乐上的文体家，音乐上的意识流大师。

食不定时，睡眠短缺，颈际腋下奇痒难耐，无非是天热汗多，那么久不洗澡不更衣，皮肤发炎了。

稿成即寄，从邮局回来，头等大事是洗澡，觉察红 T 恤的反面有异，领圈、袖根，爬着白色的虱子。

一九八二年初秋，我离上海时，朋侪送行到机场，赋诗为别，诗曰：

沧海蓝田共烟霞　　珠玉冷暖在谁家

金人莫论兴衰事　　铜仙惯乘来去车

孤艇酒酣焚经典　　高枝月明判凤鸦

蓬莱枯死三千树　　为君重满碧桃花

只是行过

从一九八三年至一九九三年，这样就写了十年散文，之后，报刊和杂志上不再出现我的名字和作品，除了两三篇应时的悼文。

昔俄国大钢琴家安东·鲁宾斯坦，在名满天下之际，突然退隐，苦修十年，重登舞台，那真是非常之阔气的，我够不上这种瑰意琦行，只是倦于"粉墨"，暂且下场。写，一样在写，写得比以前更多。不发表，也不出书。击异国之壤而歌曰"日出而写，日入而改，知名度于我何有哉"。以粉墨登场而换来的知名度是"行过"，洗尽铅华至心朝礼于艺术才有望于"完成"，我在《战后嘉年华》中再三感叹"我曾见的生命，都只是行过，无所谓完成"。现实中，所见者小，而在历史上,就大有人真是完成了才离开世界,而其业绩从此与世共存——畅销书是行过,经典著作是完成。赛珍珠、辛克莱是行过,福克纳、麦尔维尔是完成。捷尔仁斯基的铜像是行过,普希金的铜像是完成。希特勒《我的奋斗》是行过,恺撒《高卢战记》是完成。流行歌曲是行过,《未完成交响乐》是完成。马戏团小丑是行过,卓别林是完成。英国皇家是行过,丘吉尔是完成……

记得我临离中国时,专程去北京向亲友们告别,大甥婿说:"舅舅的画到美国展览一定会成功,而人生呢,最好是没有名利心。"我说:"你是哈佛剑桥双博士,国内拉丁文第一人,又是大银行家的长子,所以最适合讲这样的话,要脱尽名利心,唯一的办法是使自己有名有利,然后弃之如敝屣。我此去美国,就是为的争名夺利,最后两袖清风地归来,再做你们的邦斯舅舅。"说得大家只好笑起来——不要名不要利,是强者,而多半是无能的弱者,我不取"陶潜模式",宁择"王维路线",且把纽约当长安,一样可以结交名流,鬻画营生,然后将 Forest Hills 当作"辋川别业",一五一十地做起隐士来。"隐"者"瘾"也,我已上过两次瘾,一次是离群索居于杭州莫干山,后来下山重入红尘,只想逃上山去再作半仙。另一次是"浩劫"期间,被幽囚在地牢中,一灯如豆,两年过去了,我害怕释放,因为饭来伸手,清净无为,不愿重上地面活受罪。那么,现在是第三次上瘾了——夜十时寝,晨五时起,"灯光与黎明之间"梵乐希是这样形容的,他也最爱在这段时间中写作(不过他是处于地中海边,清凉朝泳之后)。编者、读者、评者、出版者的概念都模糊远去了,讲演、辩论、沙龙夜谭的才情和欲望都风平浪静了,我在灯光与黎明之间写出:《巴珑》《我纷纷的情欲》《会吾中》,以及《伪所罗门书》……

三位读者

以前,朋友们称我为"对读者心存敬意的人",我自问无愧于这个称号,而十六年来,心迹已渐晦淡,彼者不像是秉诚阅读,倒像是寻衅调排这个著书的人,那,没门儿。由于我长时的息影,台湾的读者群已告寥落,而在我的心目中也只剩这样的三位:一位是同辈的,比我大几岁。他从报端看到我的《上海赋》的前四章,就写信来了,噢,一手好字,中英俱佳。他说:自离上海到台湾,数十春秋每兴乡愁,总想写些怀旧的文章,而一执笔,畴昔印象纷至沓来,不知如何着手才好,今读《弄堂风光》及《亭子间才情》等篇,方始明白原来写上海是要这样写的。他希望我再写下去,信的结尾一句:"你比上海人还要上海人。"——后来我是挖空心思地续写两章(谈上海人的吃和着),不知怎么一来忽然断电了,大概就是因为我比上海人还要上海人所以到底不是上海人。而他是老上海,真正赏识《上海赋》的大阿哥。

另一位读者是从台北来纽约学美术设计的,暑假返家省亲,逛书店发现三本新书,她认为好看极了,红、黑、灰,翻开来,四个字四个字,一点也不懂,但不是舍不得买而是舍不得不买,便带到纽约学校里来给大家看,都说非常好看,她是我朋友的儿子的同学,一心想得到诗集作者的签名,我就一本一本签了三个名。

第三位读者,在台湾中部,开了一家小餐馆,只有几张桌子,馆名"素履之往",我的散文集《素履之

往》并不艰深但也非通俗读物,如果这位读者只喜欢这四个字,我也是乐意奉赠的。(典出《易经》)

一位是看透了我的《上海赋》,所以我高兴。另一位是看不懂我的《会吾中》而买了我的书,所以我高兴。再一位是异想天开,异想店开,用了"素履之往"作店名,所以我高兴——我安于幸于这三位读者之真实存在,不作第四位想。

误解,承当误解,有时也使人乐得什么似的,在家传的六韬三略上我添了个眉批:"逆来顺受则顺。"

一位常见名于报端的撰稿人写道:"自从木心出现于海外华文文坛,真可谓星光熠熠,四方瞩目,而近来读木心的新作,文风变了,令人不知所云,唉,这个年轻人走上了诡谲的道路,实在太可惜了。"——他"老人家"以为我是"新秀",初试啼声的小公鸡。如果他获悉我比他年龄大,就不觉得"太可惜"了。

还有一位不时写写书评的半老作家,专文估价了我的《琼美卡随想录》,说:木心的散文字句精炼,意象奇妙,没有一点"大陆气",所以,"老中青的作家都该向木心学习"(原句),"可惜的是他躲在象牙之塔中,不关心政治"(原句)——怎么他没有意识到自己的语言一派浓重的大陆气,而且"象牙之塔"云云,是老掉了象牙的新名词,"政治"嘛,我在红尘中打滚几十年,现在是"下野",就算军阀下野也是要栽花莳草的呵。

更乐的事还有——"人入中年,特别嫉才……木心的文章,我向来不服,尤其几位好友,把他当神一样崇拜,更令我愤慨——都是过了四十岁的人了,还搞个人崇拜的把戏,未免丢脸?但是最近读到《从前的上海人》,我不能不承认,木心的确有两把刷子……简直是色、香、味俱全——不,还包括声音,我从未看到过写一个城市,能写得如此够味,读后入迷,连嫉护也忘了……"——一位知名度相当高的作家,如此真心毕露,实在难得。

海峡两岸的两套意识形态,决定了两类文学模式。海外的华文活动只是其延伸,难成气候。我向来不就大陆的语言霸权之范,彼此"异己",倒也干脆,而与岛上的文学主体和媒体作周旋时,始终保持了侧身的客席的姿态,不介入其时尚、风气、是是非非——异端自有异端的牌理，或说异端首先异在牌理上，且是最执著于牌理的严密性。

陆上的意识形态是显性的硬体的（在趋软），岛上的意识形态是隐性的软体的（在趋靡），唯其隐而软，岛民不以为自己受笼罩控制，呈现为文学表象时，就来了靡靡之音，靡靡之文，靡靡乐死，靡靡送生。什么景中有情，情中有景。什么圆融观照，天人合一。什么性情中人，持平常心。什么我不入地狱谁入地狱。什么张力、肌理、心路历程，美丽的错误……

起始，我的"粉墨效应"使人眼花缭乱，《联合文学》的编者毕竟高明，他为"个展"所作的按语就点到了穴道："迥然绝尘，拒斥流俗。"不过我那时的层次还很低，灰尘满面，与俗共舞，哪里就敢拒斥，只是反媚俗的反骨被摸到了：怎么此人景中无情，情中无景。怎么天不由人，人贵独立。怎么自处于性情之外，宠辱难惊。怎么心是个不平常的东西，平常心就是没有心。怎么叼着纸烟进天堂，骑着白马入地狱。怎么从来也不肯用张力肌理心路历程不犯美丽的错误——善意的无知激化为恶意的无知，"必诛异己"的用心是时时可见字字可据的,但是曾经与显性的硬体的意识形态较量过来的"异己分子",要应对隐性的软体的意识形态,那真是绰有余地了,何况余地之地乃是指欧美,甚而指世界。于是我再一次击异域之壤而歌,歌曰:"日未出而作,日入而不息,意识形态之帝力后威于我何有哉?"

文化潜流

过去的几次"答客问",除了饬换个别字,全貌一仍其旧,胡说、八道、假语、村言,正体现出当时施粉之厚,涂墨之浓,急功近利之心切。而今披阅检点,俯悯畴昔强自作谑竟至于斯。联想起《牛虻》中的亚瑟,他流亡南美,曾充当过马戏团的小丑,那么我不过是换在北美罢了。有人说我不免用"大字眼",可不是吗,小丑的嘴巴都是画得大大的,人家不远千里而来访问,就要你说几句大话才放你过门,这是双方共持的"卖点"呀。文质彬彬的小丑那是二丑,二丑我不做,你做。

关于评者对我的贬褒,我一向是麻木的,就像爱因斯坦所说:"敌人的箭纷纷射来,我安然无恙,因为他们射中不是我。"我的诗文本来不成其为陷阱，但那些评者接二连三地跌了下去，显得是个无底的陷阱。

我早在回答时报编者问中已经说过，这不仅是"知识的贫困"，更是"品性的贫困"。我对法国大批评家圣伯夫也失敬得很，他是知识的富翁，而品性的贫困还不一样毁了他的名声？历史还公道于人心，不必以公道还我，彼者无身无名可减，江河自然不废而大流，杜子美知之，予亦知之。我又早在《战后嘉年华》中聊表寸衷："会稽鸡，不能啼。"弗明这个典故，那是"知识的贫困"，但问明之后恐怕"品性的贫困"更其恶化猖獗。

爱默生觉察到美国的文化从社会表面看是荒漠的，街道上没文化，店铺中没文化，娱乐场所更没文化，然而文化还是在流，在生活的底层流，所以只好称作"潜流"。以前，以前的中国也是如此，少小的我已感知传统的文化，在都市在乡村在我家男仆的白壁题诗中缓缓地流，外婆精通《周易》，祖母为我讲《大乘五蕴论》，这里，那里，总会遇到真心爱读书的人，谈起来，卓有见地，品味纯贞，但不烦写作，了无理想，何必计划，一味清雄雅健，顾盼晔然，晏如也。你若约他一同去买书，步行二十里不出怨言。读到了杰作，谈一个通宵略无倦容——这类文学的信徒、文学的知音，代代辈出，到处都有，所以爱默生也会觉察到这个伟大的"潜流"之存在，他说说又没说下去，爱默生总是这样，其实还可以说下去：如果有一时期，降生了几个文学天才，很大很大的，"潜流"冒上来扈拥着"天才"，那成了什么呢，那便是"文艺复兴"，或称文学的"盛世"，"黄金时代"。不出大天才，出些小抖乱，潜流是不升上来的——目前的中国，这流传两三千年的精神命脉是断了，文学的潜流枯涸而消失，真像是受了最刻毒的咒诅。

巴士海峡那边的文化人士来信道："得知欧美文坛学界对先生的作品有深入研究，不禁感叹此间文学市场的困窘，新新人类的阅读口味是令人汗流浃背的……"另一位诗人兼教授的编辑在电话中明朗地说："读了你新的诗集，多棒呀，我送你四个字：重振雄风。我们这里呢，什么也没有，除了新新人类什么也没有。"

大陆书市兴旺，各地书店如雨后春笋，热门书一销二十万本,那又是怎么回事呢,那是:"文化断层,一片繁华,就是这繁华使文化断尽,再也接续不起来。"那些书都是玩文化于股掌之间的邪门儿产物。世界名著呢,以前专家的优良译本不再版,刚復自译的新版本一塌糊涂,足够证明世界上压根儿没有名著——从前的雅健清雄的文学的信徒文学的知音,似乎都没有留下后代,书也绝版,人也绝版。

海峡一岸是自绝于传统文化,曲解了世界文化,海峡另一岸是曲解了传统文化,自绝于世界文化——文化断层必然是连带风俗习惯人情世故一起断掉的,所以万劫不复。这一征象倒真是中国特色,别的文化古国不致断得如此厉毒酷烈,肇因是海峡两岸各有其意识形态,而相同的一点是价值判断的混乱,混乱的结果是价值判断之死亡,无所谓价值,不需要判断,浑浑噩噩的咬牙切齿,捕风捉影的顺我者昌逆我者亡。

西方人兮

维尔马·波特(Vilma Potter)说:*SOS* 内蕴着莎

士比亚四步韵诗的节律,我要用此风调来翻译它,以呈现这篇小说的奇妙潜质。唐纳德·琼金斯(Donald Junkins)说:这一集短篇小说,篇篇精彩,如果要投稿,别把 SOS 和其他的作品放在一起,这会被忽略的,应当先让其他的作品刊登了,再把 SOS 抛出去,人们才知道这是一颗明珠(SOS 原文在台湾发表时,被排在极次要的版位上,大概谁也未曾注意)。

维尔马·波特,驰名欧美的小说家,她将英译的王维的诗再以法译奉献于欧洲文坛,获得极高的评价,她是加州州立大学洛杉矶分校之瑰宝,校方以她私人的名义,募集巨额的文学基金,她不计报偿地为我的小说的英译作了精致剀切的修改和润色,因为,她说:"我喜欢。"她为《温莎墓园》的英译的最后定稿,下了很大的功夫,她说:"那是非常快乐的。"她读我的作品,高度专注投入,在谈话中,突然自言自语地惊呼:"啊,'海水墙一样倒进来'。"(SOS 中的句子)她又建议《温莎墓园》或可改称《温莎墓园日记》(*The Windsor Cemetery Diary*),我欣然同意,这一改就不是个冷漠的地点而有了人气、体温。还有某个细节。小说中写到一棵树被大风刮断了,上面的天空露出来,第二年,别的树枝又把天空遮住了,波特说:"这很近于李商隐的境界。"而俄国人,从俄国来的马可(Michel)教授也很欣赏这一细节,说:"有唐诗的美感。"谁的诗呢,他说:"李商隐。"——中国的传统文化、文学,在本土是断了,在外域在美国人俄国人的心中仍然湍流不息。

沙伦·巴西特(Sharon Bassett),在上述的"加大"校园中,被尊称为"最有学问的人",她读了《温莎墓园日记》,说:"我喜爱这样的文体,风格,读来很感亲切。"她是精究普鲁斯特的大学者。

在一九八九年前后,已有几位教授来信,想用我的小说作为讲课素材,虽然我疑虑他(她)的译笔能否济事,也还是认可,不欲拂人兴意。而童明教授是英文本 *The Windsor Cemetery Diary* 的主译者,他在开讲"世界文学"的课程计划中,拟将我的作品列入,问:"怎么样?"我说:"他们都已进了先贤祠,我还在圣米契大道的转角上晃呀晃的,别急,以后再说吧。"童明道:"哪来那么多的以后,你以后得还不够么?"——话说在 *NDQ* 发表《温莎墓园日记》等文之前,童明曾向校长递呈"世界文学"课程的计划大纲,涉及我的作品时,校长阅《温莎墓园日记》才两页,就对童明说:"能不能请这位先生来我校讲课?"童明答曰:"他专心于写作,恐怕不会来的。"校长就授命他作一次专访,成一篇"对话"(即本集第四章),童明曾知道"哈佛"曾邀我作"驻校"而我未同意,故代我推却免多周折,而这次他可不让步了,说:"既然《温莎》、《空房》、《对话录》都已发表,情况方兴未艾,你就让我正式开课吧。"

事后,童明来电话急匆匆地说:"非同小可的成功啊,学生、研究生、外国学者都听得出神了,课后议论纷纷,请求我再讲、专讲,他们惊喜中国作家写西方写得这样博大精深……"我说:"那是你的成功,祝贺你。"他说:"事实就是这样,研究生的论文我挑几篇寄给你,他们都希望你来作一次讲演,噢,要不要我再说得更详细一些?"我说:"不,不必了,还是让他们知道得更详细一些吧。"——他是在跟我闹着玩,用了勃兰兑斯与尼采的典故,十九世纪的丹麦,是勃兰兑斯率先将尼采哲学请进大学课堂的,引爆了北欧青年们的激情和狂想,勃兰兑斯兴奋地报讯于尼采,尼采说:"你能不能再说得更详细一些?"——这下子尼采可软弱了。

私人曙光

上述种种琐事,只作"资讯""数据"论,其资讯性是:在西方的某些学府中,有某些西方人,在为我的"文学"而波动。其数据性是:多数的误解曲解,与少数的理解剖解,正显示着趋向而形成反比,前者是 decreasing,后者是 increaing,东方的中国的文化断了,无视文学,视而不见,我的作品既已淡出,就无所谓误解曲解,故曰下降。西方的美国的文化没断,我一转身而面对面,即闻鸟语花香,故曰上升——虽然我早有预感预见我的艺术的磁场在于西方,但也可以说是局势局面逼使我向西方寻找读者、朋友(参见本集附录之二)。际此,尽管我素鲜慎终追远的爱国之心,亦不免有"报国无门"的凄然一笑。

生在十七世纪可能是个苦行僧,生在十八世纪可能是个启蒙运动者,生在十九世纪可能是个花花公子,我宁愿生于二十世纪初叶,得以目睹法西斯的灭亡,基督的敌人败绩了,但不幸也看到艺术被践踏,文学奄奄一息。

科学的探索,从宏观世界进入微观世界,从微观世界的慢速现象进入微观世界的高速现象。我们对宇宙、对生命,知道得多些了——这,理应是一个供人思想的雄猛精进的伟大时代,但没有迈迹的思想家,没有观念世界的航程上的甲必丹(Captain),只多冶荡众生的术语名词的江湖杂耍,唯海德格尔循哲学之回旋而皈依文学,隐居黑森林,好像是一种白茫茫的忏悔,然而哲学家要做诗人,比骆驼穿针孔还难,"人类诗意地活在地球上吗",人类正在把地球上的诗意摧毁殆尽。我们是因为所求的"诗意"已自抑到最低限度了,因而看起来勉勉强强还像个摇摇摆摆的"人",那些与我叙文学家常的美国人英国人德国人俄国人日本人,年龄大致相仿,一群二次大战时期的儿童和少年,送行的时候挥手帕,大而白的手帕,吹口琴,唱骊歌,火车站上的小贩叫卖食品,邮轮离埠五色纸带飘扬,嗒嗒的马车没几年就不见了,汽车是方方的,街灯是煤气的，我们是痴心妄想的……而今不约而同地老了，衣着仍然很讲究，从发梢到鞋尖一丝不苟。

我恨这个既属于我而我亦属于它的二十世纪，多么不光彩的丧尽自尊的一百年，无奈终究是我借以度过青春的长段血色斑斓的时光，我，还是，在爱它。

政治经济是动物性的，重于战术。

文化艺术是植物性的，重于战略。

当我把这个观点以对话录的方式，表露于西方的作家、学者、教授的面前时，他们的认同是由衷的，他们的感喟是深沉的，彼此甘愿为此"植物性""战略性"而坚持一日之健在，如果世界上没有植物，那么动物也将绝迹。我与西方的朋友们共同祈祷，这是一场植物性战略性的文学安魂弥撒，"本来一场弥撒就够了，人们不信，所以弥撒做了又要再做"，二次大战的烽火狼烟中，一位法国朋友对我如是说，我十七岁，他七十岁。

我说："欧罗巴文化是我的施洗约翰，美国是我的约旦河，而耶稣只在我的心中。"(I would have to say that European culture is my John the Buptist, the United

States is my Jordan River, and Jesus lives only in my heart.)

我又说:"你可曾觉得二律之间有空隙,那终于要相背的二律之间的空隙,便是我游戏和写作的场地?"(Did you ever find there is room between the two opposing rules is the ground where I play and write?)

曾记得十九世纪临末时的一代智者们,恭恭敬敬把二十世纪称作"新世纪",曙光到来,多少美好的希望,这些善男信女被后人叫做"理想主义者",而我们才是本世纪的当事见证人,我们可不肯再奉二十一世纪为"新世纪",也不期望有何世界性的曙光出现。二十世纪明明辜负了十九世纪的寄托,是对不起十九世纪的。

夜未央,我望见的只是私人的曙光,手帕般大的,鱼肚白色的,不过我还是欣欣然向它走去。

我可不是理想主义者,我是从急骤堕落的东方文化的绝境中,仓皇脱越而来到西方的,西方文化也在衰颓,然而总要尊严些,舒徐有致些——就像从一只快要灭顶的破船上跳到另一只缓缓下沉的巨轮上,甲板虽已倾斜,尚可坐下来写些短诗。我贪婪于攫取时间和空间,这是生存的要素呀。

　　幸与不幸,都只在于我的人和我的艺术是同义的一元的,以十六年的时光和精力,稍稍兑现了初诺抚平了宿愿,我可以将已出版的书视作累赘而推开不顾,独自空身朝前走去,望着手帕般大的一方曙光,现代人早已不用手帕,所以不知道私人的曙光有多大。

　　　　　　　　　　　　1998 年 10 月 4 日

附录

战后嘉年华

二次大战结束,中国内争继起,哪有嘉年华可言,而是个人的青春期,一半虽被灰烬淹没,还剩一半算是劫后余春,兀自蓬勃不已。现在回想起来,不无"好时光"的感喟。青春,理应是迷离惝恍的,在追思中却显得水清见底,那"底",都分别超越了个人性,像碎镜子中的纷纭世界,一片一世界,加起来,通常就把它们叫做"时代"。

几年前《雄狮美术》编辑先生来纽约时,兴奋而恳切地邀我写点"中国近代美术史"那样的东西,我语焉不详地道了数则苦衷。编辑先生慰勉有加、色辞动人,似乎是非写不可的了。然而真要投入作业,那便得:

制高点破共识事解构臧否人物……

好一役大阵仗。盖治美术史，其实与修国史的原则并无二致，通之也罢，断代之也罢，总归要：

别嫌疑定犹豫明是非善善恶恶……

事情十分麻烦，而且，政治上倒可不以成败论英雄，艺术上则非得以成败论英雄不可。"意识形态"云云，已是强弩之末。可怕的"媚俗的潮流"（Tide of Kitsch）早就成了集体潜意识，这种"史"呀"论"呀的大块文章，最惹眼，容易触犯潮神和弄潮儿。对付"俗"，明哲的态度是：你媚，我不媚，你有四面楚歌，我有三千弱水。生逢商品社会文化工业的盛世，谁家出了良史之材，可去记记日记，或两三子晤言于一室之内，私下自还公道，愿亦足矣。

于是，决定不担当"大题目"，心弦为之一松，而稿约不可不偿，便改道写写我所隶属的那代人中之美术青年们，是怎样嚣骚浑噩过来的。所见有限，且故意自限，悄然避开当时或后来号称"大师""名家"之流者，否则又要涉嫌"中国近代美术史"了——吾祖籍绍兴,暂贻"会稽鸡,不能啼"之讥,是颇为剀切的。将来呢,要啼也得别有个啼法。

我曾见的生命,都只是行过,无所谓完成。

日本侵占中国江南,始时国民纷纷逃难,到了全部沦陷,人们又各回故乡,谨慎苟且度日,忙于对付各种苛捐杂税,脸色凝重,道路以目。大小城市百业萧条委顿,偶有伪饰的繁华,所谓"共荣圈"的骗局把戏,显得力不从心,心不从力。被侵略者与侵略者都渐渐知道局面既长而不会维持太长,你的好梦就是我的噩梦,那么你的噩梦便是我的好梦,一种骎骎八年变得又僵硬又软靡的等待心情,弥漫整个江南。乱世必有的普遍的虚幻感,使"时值非常,一切从简"成为那年月最流行的礼节性的托辞。自然景象虽则四季如仪,而清明节扫墓,同时祭奠为国捐躯的阵亡将士,中秋节赏月,家破人亡能有几处称得上团圆,山川卉木都一色惫顿恍惚,是人的心情的投影吧。而我的年龄规定我没心没情,天资鲁钝,稍遇凶衅便如鱼失水。也因为我已一厢情愿地沉湎于艺术的水里了,可是我还没有鳃,只宜浮氽在雾气绷缊的梦想里。

抗日战争爆发之前的那几年,中国江南风调雨顺连岁丰登,市场一派旺相。每当春秋佳日,坐划子游西湖,温飔拂面,波光耀目,那清秀恬静的白堤上,艺专学生正在写生,A字型的画架,白的画衣,芋叶般的调色板,安详涂几笔,退身看看,再上前,履及剑及,得心应手——在我的眼里,我的心中,这便是陆地神仙。很可能当时我所看到的是个混迹艺专的蠢材,那张风景写生画得一塌糊涂,然而我坐在船中,看到的是画架画板画箱画衣,以及那张玲珑可爱的帆布三脚凳……

我家坐落于幽僻的水乡古镇,难得随长辈到都市来游览。自幼只可能在纸上用水墨写写梅兰竹菊,若要以五色油彩借麻布表现湖光山色,这辈子,太渺茫了。然而儿童心理匪夷所思,会将其渴欲得到的东西,置于不合常情的高度难度上,假装畏惧退却,激起满心冤愤之气,看吧,我一定要在西湖的白堤上撑起三脚架,手托调色板,风吹画衣——儿童的虚荣心结实有力,青春呢,一上来就是反叛,反叛什么是不知道的,况且那光景青春还没有来,鱼还没有鳃。

童年的我之所以羡慕画家,其心理起因,实在不是爱艺术而是一味虚荣,非名利上的虚荣,乃道具服装风度上的兴趣的虚荣,因此仍可还原为最低层次的爱美。西方十九世纪的音乐家、诗人,起初打入我心坎的也是郁茂的鬈发,百合花瓣似的大翻领,瀑布般的围巾,紧身而洒脱的黑外套,认为只要长得稍稍有点像他们的模样,再加上如此这般的一身打扮,那么,作曲写诗是没有问题的。我之所以艰难困苦,都在于得不到这全副穿着,同样道理,我之所以不成其为画家,自应归咎于没有画架画箱调色板帆布面的三脚凳白色的画衣,画,当然画得好,不好也不要紧,反正已经是艺术家了。

十多岁时读《文天祥传》,读到"自奉甚丰",觉得很投契,读到"轩眉入鬈,顾盼晔然",觉得很漂亮,很喜欢他,再读到他年轻时有一次走进宗祠,看到先祖们都曾有官衔有封赠的称号,他叹道:"殁不俎豆其间,非夫也。"我便感到索然无趣——一是我的年龄使我不向往"俎豆其间",二是我生性顽劣,本能地感到功名富贵很麻烦,勿开心。古代的英雄豪杰似乎在童年就非常自觉,真是这样的吗?即使到了现在,我仍然怀疑都是成人灌输教唆出来的,我也仍然相信小孩子只有虚荣心,一直要虚荣到深感虚荣乏味了,才转向追求光荣。

故乡先遭轰炸、炮击、烧杀奸掠,后来就沦陷了,由汪伪政府组织的"维持会"来撑局面,百姓过的是近乎亡国奴的生活。我们小孩子唯一能做出的抵抗行动是,不上日本宪兵队控制的学校,家里聘了两位教师,凡亲戚世交的学龄子弟都来上课,毕竟没有一般小学中学的热闹生动。我就愈加偏爱于绘画、看课外书。画,已是"西洋画",素描速写水彩,书,是"五四"以来成名的男女作家的散文和诗,以及外国小说的翻译本,越读越觉得自己不济,人家出洋留学,法兰西、美利坚、红海地中海、太平洋大西洋,我只见过平静的湖。人家打过仗、流过浪、做过苦工、坐过监牢,我从小娇生惯养锦衣玉食,长到十多岁尚无上街买东西的经验——尽管这样地惭愧绝望,还是贪看别人精致豪放的生活,心里嫉妒得发慌,却也羡慕得恭而敬之,只指望战事快快结束，出洋留学是不言而喻的。因为一旦大学毕业，毋需任职做事，闲在家里当然不如漂洋镀金。日本太寒酸，美国太粗俗，要去总归去法国巴黎……十多岁这个年龄的特征是自卑、妄想，无人处的高视阔步，有人处的沉着寡言笑，实在都是聪明不起来的大志若愚，这样的一个无知无能的少年终于离开故乡小镇，到浙江省会杭州市来了。

什么原因使我抛弃家庭，凭什么我能在战乱之中独自生存在陌生的都市中，这里到底不是我个人的回忆录，只认定要写的是"艺术""时代"，一些人的牺牲，一些人的毁灭，一些人的救赎。

杭州毕竟是"天堂"，至少它曾经是东南形胜三吴都会。我明知国立艺专迁到内地去了，然而我是抱着投考艺专的心情和意图来的，时常在平湖秋月、罗苑、孤山、西泠印社那一带踽踽独行。艺专的学生宿舍是白公祠，住着些小户人家，儿童在鸡鸭群中枯寂地玩耍，门口晾着衣裤、芥菜、笋干，这景象与"艺术"正相反，唯其相反，使我凝视不去，似乎可以从中讨回艺术来。

我几乎三日两头走在白堤上，从来没有见过"画家"作写生,那年月杭州就没有人画画了么,他们胆小怕事不敢出来吗?那么我自己为何不提了画架画箱来,柳荫下摆摆样子,一酬童年铭心刻骨的梦想呢?但我也竟是一个徒手的步行者。

那时,我对于艺术,除了虚荣,别无角度可以介入,杭州旧书店多多,多到每天只要我出去逛街,总可以选一捆,坐黄包车回来。最嗜读的是"欧洲艺术家轶事"之类的闲书,没有料到许多故事是好事家捏造出来逗弄读者的,我却件件信以为真,如诵家谱,尤其是十九世纪英、法、德、俄的文学家音乐家画家的传记,特别使我入迷着魔。泛览既多,自以为"虽不中,不远矣",实则那时候我几曾沾着"艺术"的边?一切都还表不及里,但"里"是什么,四顾茫然,要及也不知从何及起,是故我只能徘徊在"表"上,即使"里"真的跑出"表"来及我,我也认不得,幼稚无知,导致我刚愎自用,一个人在暗中埋怨:艺术,有"表"就好了,何必要有"里"呵!

一九四三年,我住在盐桥附近的"蒻南书屋",女佣料理日常琐事,我独进独出,一心要做那种知易行难的艺术家,书越买越多,画则全作油画,走的大致是印象派的路子,喜欢尤特里罗,他的街头风景,也不是实地写生的。下午三时至六时,照例在"思澄堂"范牧师那里练琴,钢琴,每月付学费。

藏青哔叽学生装、黑呢西装、花格羊毛衫、灯芯绒裤子……意思是我当初一袭长袍揖别故乡的,到得此时在外表上全盘西化了,这是四十年代初的浙江小镇上所做不到的。某日家信至,内示凡有从杭州回乡的亲戚长辈,都认为我单身在外,无人督导,显得华而不实——我深感委屈了,与我所梦想的"艺术家"相比,我真是表不及里、里不及表……更滑稽的是,我自以为处于"流浪"、"失恋"、"奋斗"的进程中,艺术家不是都要这样折腾,千锤百炼,然后一举成名的么,家书中之所以有此一番旁敲侧击的"庭训",猜想是"蓣南书屋"主,袁老夫子对我的讥评,他是我姐夫的业师,精鉴赏,富收藏,而对"西洋画"无知识,有成见。我初入"蓣南",老夫子每来夜谭,看了我带出来的山水花卉和隶真行草,以为然,孺子可教。不久,我弃长衫布鞋,取西装革履,满屋油彩气味,画具画材狼藉,难怪老夫子要在他给我姐夫的信中,来那么一句"华而不实"。好在他怕闻油彩气味,夜谭从此不继。

居有顷,母亲来杭州办事,当然也是为了要看看儿子,我想不免要甄检"华"与"实"的公案,结果陪母亲游山泛舟,逛街选物之余,添置了秋冬大衣各一、英国纹皮皮鞋、瑞士名牌金表,还印了几匣名片,母亲说:"先一步步学起来,以后就老练,独个子在外面,要懂交际,别让人家瞧不起。"我趁势问了那讥评的来源,诚然是"蘋南书屋"主人的高见,母亲笑道:"真的华而不实倒先得一'华',再要得'实'也就不难,从'华'变过来的'实',才是真'实',你姐夫,实而不华,再说也华不起来,从前你父亲是正当由华转实,无奈去世了,否则我们这个家庭也不致如此,我是说,你要'华',可以,得要真华,浮华可不是华……"

母亲归去后,我尝试与杭地的几许名门世家的子弟辈作交游。其中擅书画的那些个,都各有师承,谨守传统"六法",一派仿作,毫无才气,更使我惶惑不解的是,他们在艺术上根本无视"现代",意识不到欧罗巴(世界性艺术)的存在和发展,而生活享受呢?

却来得个会赶时髦，西方物质文明的种种新鲜玩意儿，他们捷手先得，自命不凡，男男女女凑在一起时，像是谈恋爱，又不见得真相干，这种场合和氛围，使我废然退出，仍旧回到"蘋南书屋"，在"印象派"、"野兽派"、"立体派"的概念丛里，走我自以为是的"路"，而且有点明白何以"西湖边上没有画家在写生"的道理了，既然"艺专"因战事迁去内地，杭州就没有主流的"洋画"，只有支流的"国画"——我像离群之雁，只等"艺专"回来，才有入群齐飞的可能。而就这样孤雁单飞，也不失为一种自强的训练，与所谓名门世家的后代的交游经验，使我知道"浮华"真的只是"浮"而不是"华"。

那年秋天，抗日战争最后胜利的喜讯突如其来，杭城一片爆仗声，入夜万人空巷提灯庆祝，在近乎昏晕的欢欣中，我冷冷地看到一己的命运面临转机。

似乎到了这时杭州才有"文化界"，呼地冒出许多画画儿的、编报儿的、演戏儿的……大抵兵分三路，一是从内地"大后方"赶程而至，二是在浙江山区作游击队于今整编入城了，三是原本隐蔽身份至此就站了出来，反正一时人才济济，都显得精明强干，唯独这个蛰居于"蘋南书屋"、寝馈于欧罗巴文化观念的惨绿少年，一入"文化界"，确实难于适应，但我还是看样学样地努力周旋。

很快，杭州成立了"美术工作者协会"，我也就此成为会员，开会时，这些"美术"的"工作者"，个个能说会道，握起手来，紧得发痛，还要上下左右摇几摇，自道姓名时，叫"阿大"，叫"阿羊"，在画上签名也就是"阿大"、"阿羊"，衣着一概平凡朴素，谈论所及，"某某，人很热情"，"这张画，趣味好"——我不免发愣，"热情"，怎么就放在口头上，"趣味"，我却看不出来。他们都画农民、小贩、码头工人、乡村集市、城市路边摊……那事事为首的"阿大"者，画风很像丰子恺，只是太像了一点，而更多更精彩的是搞木刻的，题材总与"革命"有关，我注意看，觉得自己是望革命之尘而莫及，尤其因为读过不少俄罗斯小说，"革命"，非常悲壮，非常罗曼蒂克，转而对于中国式的革命，我有的是好奇心和求知欲，然而一九四几年那光景，杭州地区的"美术工作者协会"，似乎并无特殊的内在性质,大致是一些画画的青年中年人,想在长期的压抑苦闷之后,吐吐气扬扬眉就是了。

果然,未到年底,就在民众文化馆举行了集体性的画展,参展的作品居然很多,国画占颇大的面积,而木刻漫画泱泱乎成了主流,我拿出的几幅油画风景,都上选,画的是树木、教堂、桥、河,不足指名是什么地方,似乎巴黎,似乎伦敦,反正从照片上的印象并合起来的。

展览会很热闹。筹备期间我每天去工作,感到自己实地投身社会,又怀疑这种事务性的忙碌算不算"艺术活动",与之一同工作的几位年长者,在我眼中都是饱经风霜、深谙人情世故的老大哥,有的似乎病着,有的似乎贫着,我不病不贫却比他们自卑,因为我幼稚无知,虽然读书已不算少,可是书本上所得来的有关艺术的常识、知识、概念、观念,与眼前所接触的人物事物,全对不上号,"阿大"、"阿羊"、"热情"、"趣味"等,与希腊雅典、意大利文艺复兴、浪漫主义、印象派……毫无关系,他们大概生来就是画豆腐浆摊、码头工人、玩杂耍的。

但我还是很兴奋，看到自己的画挂在墙上，男男女女走过，停步，指指点点——初步圆了我童年以来萦心不释的"画家"梦。接着，便是《东南日报》的报道和评论，认为此次展览十分成功，选出几位画家作为赞美推荐，其中竟然涉及我，大意是那几幅风景清丽脱俗，且能以中国画的笔法入油画，洵为难得云云。

"艺专"迟迟不迁回，"上海美专"倒先复校，登报招生了，我立即去信报名，很快就收到通知，按期去上海应考。在这个号称人间"天堂"的西子湖畔，我认识了很多人，却始终无友谊可言，遇事只是在"蕻南书屋"中默默地想，默默地决定，窗下一条混浊的小运河，对岸的织席工厂，终日机声轧轧，景况是很凄怆的，而全凭十八岁这个年龄，使我麻木而自信，不过我隐隐看到母亲对世道的估量已不符实际，我父亲的一代，确凿要善于交际，讲究体面，而战后的新生代就全然平民化了，且以此为标榜，为"革命"的前提,我靠在窗栏上凝望慢流的河水,想起那些"轶事"、"传记"中的艺术家，他们的不幸，也还是幸。

赴上海应考的前夜，我独自走上湖滨的一家餐馆的顶层,算是饯行,要的是西菜,一杯葡萄酒。当年很流行的一个励志的说法:"过去种种譬如昨日死,未来种种譬如今日生。"我原是觉得文字累赘词义伧俗,此时想起,倒许为剀切——始于懵懂的虚荣心,胡乱地画起油画来,得机会就率尔拿出去展览,那报载的好评无非是记者的例行故事而已。

除却个人的短距离的"生世之叹","艺术究竟是什么"这大疑题更使我不安(因为我已经知道艺术是什么,才决意永别故乡),到了杭州,先遇的是一伙摩登的纨绔子弟,后遇的是成群"美术工作者",是八年战乱使中国自外于世界艺术潮流?抑中国就没曾进入过世界艺术的行列之中?十八岁的头脑加上一杯葡萄酒就更糊涂了。

上海是国际性的大都会,冒险家的乐园,一个非鱼非龙的年轻人,即将投入鱼龙混杂的黄浦滩。

"望湖楼"独自晚餐,极目黑沉沉的夜湖,白堤的柳丝间灯光闪烁,是我离家以后,第一次感到实而不华的悲凉。

上海美术专科学校,坐落于斜桥菜市路底,那是大都会的南边陲,接近市郊乡村,空旷安静自不必说,待到亲临实地,此区域不仅是一个庞杂的果蔬鱼肉市场,而且周遭密布着小吃店、路边摊、裁缝、鞋匠、烟纸什货……烟雾迷目,腥臊刺鼻,时值春初雨季,街上满是人、满是伞、满是水潭泥泞——一片可以使街面震动的喧嚣市声——杭州西湖此时柳丝嫩黄,柔媚如梦,这里可真是红尘乱世了。

后来才知道起造校舍的年代。斜桥一带确是树木葱茏、小河流水,迟来者只好俯首认命,命中注定要在人间地狱中追求艺术天堂。

校舍,正面看是一幢相当宽阔的四层西式大楼,无奈临街,显得商业气,黑漆的铁栅门颇为威严,我跨进去的刹那,心想:这是我的艺术之门,门外汉的阶段就此结束。抬头又眺见里面的照壁上设有长龛,水泥塑出一个"美"字,由肥肥的十二只尖角组成,校徽便采此为图案。

我本能地推开"会客室"的门,五六只鸡咯咯乱叫,破旧的沙发上全是鸡粪,可见八年抗战,这里一直是荒废着的。

教务处光线幽暗,只有一个脸色苍白、须眉乌黑的中年人,是教务主任,我报名三年制西洋画专修科,大学程度。

主任一口绍兴官话:

"那么你的高中毕业文凭缴来!"

"我考同等学力。"

"喔……可以可以,可以的,不过,我们这里学费,每学期要五担米,按五担米折价……"

他上下打量我,我一身藏青哔叽学生装说明性不强,便道:

"五十担我也付得起。"

教务主任笑逐颜开,搓搓手,指指旁边的椅子:

"请坐请坐,我想,你一定会录取的,考插班生还是新生,可以住宿,伙食是由学生会自办的。"

这样便成为上海美专的一年级学生,从此日益明悟最不懂美术与美术最无缘分的人,都是在美术学校里。

同时也认为有志于艺术的青年,应得入学校去"科班"一番。学校,是筹备期的"世面",而且永远处于筹备期，真刀真枪的"世面"杀伤力太大，学校里的总还是纸刀纸枪；许多聚在"学校"的名义下，便煞有介事，便可以比较，且是不舍昼夜地在比较，你就能连续收到各种自知之明与知人之明的讯息，是靠这些甜酸苦辣来使天性趋于成熟，"科班"者，意义在于此而非教师的耳提面命当头棒喝。上海美专无疑是我快乐的淘气竞技场，与往昔踽踽独行在西子湖畔的惨绿少年已经判若两人，青春必须动，静的青春往往流于自残。

那时的所谓"西洋画专修"，上午一概是实习课，从石膏素描渐进到人体素描及油画创作，其他如水彩、粉笔、速写是间隔性的穿插。下午，理论课，美术史、透视学、解剖学、色彩学，生意清淡，因为翻翻书就可以应付考试，而教师讲讲就讲到物价高、薪水低、老婆又要生孩子，劝大家不要学艺术。实习课的风气则不然，我至今还留连那时候的学生的生活习惯，晨起盥洗，早餐既毕，换上浆洗一清的衬衫（多数是纯白），打好领带，擦亮皮鞋，梳光头发，挟着画具健步经长廊过走道上楼梯进教室，教授总是先在那里了，衣着更为严谨。我们的C教授终年一身黑西装，白衬衫、黑领带，无懈可击；薄型皮鞋和狭边呢帽，一望而知是法国带回来的；右手无名指上白金的钻戒款式古雅，巴黎十年养成的飘逸深沉，先成了我们的楷模。课间休息时，我们拿出画册来请C教授品评讲解，他娓娓道来如数家珍，分别等级毫不假借。他认为胆大：大画家，胆小：小画家，使我们这群男孩女娃气壮神旺、自负日高，而论素描基础之奠定，他又说画桃子要连桃的茸毛也画出来，大家又为之瞠目结舌。

同学们，来自各地的青年，说是鱼龙混杂，好像只见鱼而没见龙，鱼则类别多矣。

本地帮：洋派得厉害，我刚把行李搬进宿舍，便有一位黑肤方脸的矮个儿倚门招呼："哈啰！我姓堂，勃令堂，抽烟吗？"

他递上一包茄立克，我谢了，也通名报姓，他蔼然关照我："阁下初到上海，当然来不及改换新装，霞飞路马斯南路转角上一家叫'雷蒙'的，有一件法兰绒夹克，我想起来觉得与你很合适，蓝的，明线、贴袋，不妨去看看，我有一条领带很相配，可以送给你。我姓堂,勃令,堂。"

他姓谭,名正明,当时我钦佩感激非常,到底是上海人,如此委婉大方,再看他的发型打扮无疑是超潮流的,后来日子久了,虽然他的热诚始终一贯,而我觉得他不是在学艺术,是在学艺术家。另外如姓徐的小猫、姓姚的野猫、姓王的锅盖、长脚的黄沙、涂脂抹粉的魏贤,都各有仪态风调,可见先是地灵,然后人杰,把我这种浙江来的嫩头比得黯然失色。尤其是那位外号"强盗王"的郭姓者,更使我心惊肉跳,只见他头发蓬勃、颊须鬈曲,而且也戴小小的椭圆眼镜,活像舒伯特,来校时总是怀抱一叠乐谱,身材魁梧,神采飞扬,直觉得十九世纪卷土重来,于是他闪入琴室,大把大把地猛敲键盘;他还写诗,笔名"奥耶",自费印了一本集子叫《葱色的山群》,用红丝带缄起来,我诚惶诚恐地开读:

夜,梦
我拿起调色板的笔

突然我对这些海派人物的景仰羡慕一起垮掉了——本地帮的同学未必是本地产物，不过是生活在上海的日子久了，或者其家庭已经落地生根了。租界上数十年殖民地的洋风欧雨，再加日本人占领前后的"孤岛"妖雾，使年轻一代成为浮离实际的梦游者，他们不爱"艺术"，只爱"艺术家"，似乎艺术家是可以脱开艺术而独立的，比我儿时的虚荣心还要空中楼阁、全无根蒂，看着他们的健美活跃、顾盼自雄，我一个也不想接近。

外地帮：浙江、江苏、四川、河南……以浙江来的居多。谚曰："乡下第一，跑到城里第七。"使人觉得他们会不会走错了校门，然而他们个个脸色凝重地下功夫了，不是艺术上的功夫，而是怎样做个"上海人"的功夫。三年后，仍然一望而知"乡下人"，乡下人本来没有什么不好，乡下人要学上海人而学不像就显得别扭，颇有几个民间诗人，笔名"白花"、"白草"、"白影"、"白痕"的，一样练钢琴，画希腊雕像，在浴室中唱起歌来，分明是："三轮车上的小姐真美丽，西装裤子短大衣……"他们人数多，做事克实，联络密切，占上海美专的半边天,使本地帮的势力日见萎缩,而这也是时代气数将要转变的一点先兆。

潜在的还有两类神秘人物,一是"职业学生",由执政党指派在各大专院校的特工人员,另一是"文艺工作者",外地来的搞木刻漫画的同志,已经有协会、有刊物、有知名度,一身蓝布学生装,车胎厚底的皮鞋,速写夹子是用粗麻布包起来的,读鲁迅的书,时事精通,消息灵通。但素描很难得到门径,因为他们已经在"创作"了,希腊罗马,裸裎的人体,与工人农民实在格格不入,不入也罢。

与"海派"的轻薄花俏相比,此类"文艺工作者"就显得朴实正经。他们较年长,有相当丰富的社会经验,因而深谙人情世故,看准中国将要"大变",他们选择的是"大路",无疑算得是胸怀"大志"的了,他们自有驾轻就熟的生活方式,几个"自己人"聚在寝室里,男的旁边是女的,女的旁边是男的,差不多全属同乡,抽烟,打趣,一碗阳春面你吃一口我吃一口,葱油大饼我半只你半只,烟雾弥漫,人形东倒西歪……万一你有什么事找他们,敲敲房门,里面就轰然大笑,认为外面敲敲门里面说"请进"是"资产阶级",而他们自己是直闯别人的寝室,根本不先叩门,以示与"资产阶级"决裂。

这样,那样,我从杭州来,但不属外地帮,我幼年生活在上海,却自外于本地帮,我无党无派,与"职业学生"素无瓜葛,我向往"世界大同",难于与不懂礼貌的"文艺工作者"厮混——我是快乐的,没有虚度嘉年华,我受的艺术教育少量是在校内,多量是在校外,校外之外就茫无际涯了。

上海交响乐团成员多数是西欧人,指挥者富华,英国籍,每周之末在法租界"兰心剧场"演出。"兰心"纯为法国小剧场古典风格,衣帽间、休息厅、盥洗室,整洁优雅,一落大派——我青春年月的圣地,艺术的礼拜堂,不仅指挥、演奏够水准,听众也够水准,衣冠济楚,举止文静,曲目编排也极有系统,国际著名大演奏家莅临申江,就是由这个管弦乐队伴奏。

赴"兰心",我们习惯步行,菜市路杂乱不堪,一上辣斐德路便渐入佳境,再经法国公园,吕班路,霞飞路，连绵的法国梧桐的绿荫，而"兰心"所属的慕尔鸣路是法租界的精华之地，书店、时装店，一色巴黎情趣，淡雅怡静，好像不准备做生意。学生时期最宝贵的是"无忧无虑的心情"，青春都具有不知从哪里来的"锦绣前程"的保证，谁都是天才、准天才，天才的偌大的萌芽，艺术殿堂门户洞开，隐隐望见其中有自己的位置，我们真是把"人生"误作为一场音乐会了，哪里就想得到不出五年十年，自己要为"艺术"而身系囹圄、而绝望投海。我们被那些演奏家、指挥家骗了，被"兰心"朦胧的烛形壁灯、铃兰和康乃馨的甜香迷了心窍。但是，当时只知"艺术"使人柔情如水，后来浩劫临头，才知"艺术"也使人有金刚不坏之心，每次音乐会终场出来，夜深街静，满身的音符纷纷散入黑暗的凉风中，肉体在发育时期感到肌腱微微胀痛。智力在充实催酵，也有微微的胀痛，别人从音乐中得到什么我不知道，我得到的是道德勇气，贝多芬曾经用文字直白说出来的。

一九四六至四八年，中国大部分地区的文艺状况有点像俄国十月革命的前夕，西方个人主义的哲学思想所凝结的文艺作品,偏偏在这集体主义行将驾到的当口横斜激荡起来,像是天鹅绝唱,像是西风残照,好些西欧的文学名著骎骎然翻译而出版。执政党认为这类书多也无害,在野党认为这类书越多越好。所谓无害,是个人主义不可能动摇江山;所谓越多越好,是民主倾向的个人主义者最容易上当受骗,被牵着鼻子走而还要提供别人的鼻子。读者呢?青年正处于苦闷彷徨之中,矫健的一类夜奔"革命圣地",或化名转入地下"工作",荏弱的一类心向往之却走了边门,他们认作"革命"、"先进"、"民主"、"自由"的配套概念,其实是无政府主义色彩的东西,是白面书生戴红帽,非常罗曼蒂克的。霞飞路吕班路角子上有一家"生活书店",规模不小,明朗有格调,新书连连上市,译笔精到,装帧清丽,这又是我们无知青年的福地洞天。西风东渐,渐到这时节可不是"五四"当年的ABC了,大学生已能摇摇晃晃地迎风独立,结结巴巴地各寻宗旨,这是表面之现象,内在的性质却是青年们还不知取舍而忙于取的取、舍的舍,先知先觉者不知不觉地被潮流卷去,果然三年容易,第四年就东风压倒西风，那些西方资产阶级反动腐朽没落的玩意儿不见了，书店也不见了，后来那转角上开出一爿绸布店，虽然也是五色缤纷，不复是民主色彩、个人主义色彩了。

上海之北虹口区，向来是日本侨民聚居之地。太平洋战争结束，日侨一概踉跄归国，临走匆促，剩下的物件用品，堆积如山，经商贩粗略整理，罗列在虬江路的一片广场上，规模洋洋大观——这又成了我们不必冒险即可进入的乐园。各种美术道具、各式古典摩登的书框，从希腊、埃及到意大利文艺复兴、浪漫、印象、野兽、达达、抽象……一路下来的各流派的画集《世界美术全集》，价廉物美，如梦是真；还有大量的唱片，可以挑选你最喜欢的乐队、指挥家和演奏家，譬如贝多芬的"第五交响乐"，我买得六个版本，听六位指挥六个乐队的较量，对着总谱，大体上我知道"命运"是怎样一回事了，这样就迫使我逃掉下午的理论课，直奔虬江路。不能不佩服日本人在接纳西方文化这一维新大业上，投入的功夫之大之专之精，单以这个地区性的废品旧货的市场而论，中国近百年来出版印刷的业绩,加在一起也无可与之伦比。同学们都疯狂选购,"战利品"雇车载回来,以致学生宿舍中家家户户堆满画册唱片。

上海的私立学校,社会舆论称之为"学店",校长是老板,教师是职员,学生是顾客,名义是"作育英才"、"读书救国",实质是谋利敛财,误人子弟。理科工科文科的私立大专固泛泛如此,上海美专虽不例外,而我却十分赞赏它的传统作风,那就是:虽然没有什么可容可包却俨然兼容并包,虽然无所谓学术自由你完全可以学术自由,就是由你自己去好自为之,这倒不期然而然地遵循着蔡公子民先贤的遗箴。对于顽劣成性散荡成习的我,天时地利人和足够足够了,我在上海美专所享用到的"自由",与后来在欧美各国享受到的"自由",简直天海一色,不劳分别,如果你有一分才具,那么再加一分自由,别的还要什么呢?美术学校的概念是画室、图书馆、宿舍、食堂、卫生间,就好了,教师的话中听则姑妄听之,不中听的他自己听,"自由",就是谁也别奈何谁。三年五载生息其中,是一枝玫瑰便会开玫瑰花,园丁的脸是不像玫瑰花的,所以我至今还在喜欢还在感激上海美专,那光景,学生奇装异服、玮意琦行,一概不遭物议,迟到缺课只要缴足学费安然无恙,大意是:沉者自沉,浮者自浮。校长教授就此特别显得慈眉善目、神闲气定,师生相敬如宾,宿舍简陋,食堂寒伧,那你可以自己去租房,可以上白俄开的小西餐馆,或者说到底,学生时期的艰辛是必修是"天降大任"之关键一课,缺了倒是难补的。

我要心香输诚谨致悼词的是美专的图书馆的夜晚,壁上挂着伦勃朗的大幅油画,德拉克洛瓦、基里柯、柯罗、塞尚、凡高……是西欧的职业性临摹品,功夫极好,直逼原作,其他是前任和在任的教师的代表作,代表他们个人的黄金期,等于告知:后来这些作者越画越那个了。

一壶咖啡,一袋邻近的泰康公司刚出炉的体温犹存的奶司饼干,灯光安谧,作为战利品的诸大画册平平摊开,外面是菜市路,老式有轨电车哚哚价响,嘶嘶地驶过,严闭的窗户使大都会的市声营营然和悦可爱，意味着俗者如斯夫不舍昼夜的必要性。这两间立满书柜阴森屋子，常由我一人独占，我亦只亮一盏灯，伦勃朗的亨德里克耶（Hendrickje Stoffels）凭窗相望，柯罗的树梢如小提琴的运弓，塞尚的苹果一副王者相，基里柯的木筏欲沉不沉。本地的走读生回家吃好饭好菜去了；"外地帮"要么在寝室里开下流玩笑，要么混迹游乐场，"夜上海，夜上海，你是一个不夜城"，等等；"职业学生"拉胡琴，喝五加皮，洗脚洗袜子；"文艺工作者"有的去探望已婚的未婚妻之类，有的参加协会的讨论，"目前形势和我们的任务"极为重要。其实每个人的道路都是曲折的，前途呢？无论如何自以为是光明的。

年轻，真像是一个理由，一个实际上毫无用处的理由，而且当时也惘然不知用这个理由去年轻个够，我只懂得独自利用图书馆的桌椅和灯光。在校外是匆匆的吞食，在图书馆才开始静静地反刍，再则电灯坏了的琴室中燃烛而弹奏的夜晚，杜美路蓝顶教堂边电影院连看七遍《罗密欧与茱丽叶》的夜晚，万国公墓月光照着大理石天使的翅膀的夜晚，风雪交加窜进"亚洲"西餐馆罗宋汤加牛排及沙拉的夜晚,寒暑假回西湖"多谢长条似相识"的孤山背坡的夜晚,好像我是凭夜晚而长大的。大白天,社会、人性、哲学,锻炼周旋,消耗甚巨,所以只能在夜晚成人长大。

一九四九年后,上海美专变为华东艺专,地点已在无锡,再变就变成南京艺术学院,顾名思义是在石头城了。一九八一年秋,我在南京的医院中会晤谢海燕先生,老校长一见就叫响我的名字,蔼然前辈之风使我感到自己仍然是不安分的坏学生,于是纷纷扬扬地共怀一番旧:包了火车去旅行写生哪!蔡先生的那些话到了今天反而更有现实意义哪!医生着护士来干涉,我们抗命又继续半小时才怏然结束。回上海,故意选定初春的雨日,驱车去菜市路,一路的地名历历在目,景物也依稀如旧,近校情怯,我提前下车步行过去,东一条街,西一条路,弄堂也不缺少,就是没有那幢深灰色的四层楼,问问附近店家,"什么上海煤砖",似乎很生我的气,我情怯而胆也怯起来,只好立在绵绵的春雨中,定心凝神,捉摸方位,徐徐认出那一座方头方脑的有门无窗的冷藏仓库，便是当年的上海美专了。如果改建为别的民房或商店，也许还能走进去，搭讪着瞧瞧内里是否犹存若干旧观，唯独这庞大的仓库，使我的记忆力和想像力只能死限于严寒和漆黑……一切建筑物中，以冷藏仓库最为饱胀、窒息、颟顸无情。

"我曾见的生命，都只是行过，无所谓完成。"

人们不介意这句话，我又何尝不知有的生命确实是完成了的。在世界各国的名城首都，我巡礼所及，多的是完成了的、永恒了的生命的化石或结晶，然而近百年来的中国却无此等景观，上海美专的消失，只是极微弱的象征。"兰心"也曾除名，现在又复了名，倒显得有表不及里的反讽意味。"早知今日，何必当初"是一番得理的感慨，"早知当初，何必今日"是一点忘情的滑稽。历史这种东西，即使短短一段，也充满寂寂的笑声，多少人还想以"行过"算作"完成"，其实称之为"行过"，乃是为没落者代庖措词，所以还想重复说：

"我曾见的生命，都只是行过，无所谓完成。"

以示我希望有所"完成"的个人和时代的出现,这是一个额外的残剩心愿,挥之不去,草此芜文,时美东风雪,一九九三年岁云暮矣。

附录

有朋自西方来

木心珍贵的文友们

童明 辑译

罗伯特·康蒂（Roberto Cantie）

（加州州立大学洛杉矶分校南美洲文学教授）

康蒂致童明的短简（一九九八年八月十日）摘要："星期六夜色未央，其实已经是星期日了，此时此刻，世界必得停下来，让我讲几句对木心表示钦佩的话。"

康蒂的书面评语：

"木心在接受童明的采访时，坦言了他的衡人审世写小说，用的是一只辩士的眼，另一只情郎的眼，因之读者随而借此视力，游目骋怀于作者营构的声色世界，脱越这个最无情最滥情的一百年，冀望寻得早已失传的爱的原旨，是的，我们自己都是'他人'，小说的作者邀同读者化身为许多个'我'，'文化像风，风没有界限'(木心语),这是一种无畏的'自我飞散'(a personal diaspora),木心以写小说来满足'分身''化身'的欲望,在他的作品中处处有这样的隽美例子,'双眼视力'是个妙喻,而受此视力所洞察所浏览的凡人俗事,因此都有了意想不到的幽辉异彩。"

鲁宾·昆泰罗（Ruben Quintero）

（十八世纪英国文学专家、蒲伯文学资深学者，加州州立大学洛杉矶分校英语系教授）

木心的《温莎墓园》，昆泰罗一读倾心，低回激赏不已，他说，这篇小说层次深邃，意象丰盈，陈述的情爱是世所罕见的一类，因为已渗入"他人"的哲理意境，故而卓具宗教性，那个善思索的叙述者并非单纯是木心本人，乃是木心在控制宗教情操的临界密度上的矜持和承诺，大显了他精湛的艺术手段，唯其剀切中抱，小说中的"我"宛如作者的分身化身，木心既是输诚相与，又在力度上频频展施反讽（irony），例如生丁的翻身所形成的轮回，意味着观察者与被观察者的宿命易位,主体与客体无穷的可转换性,及至小说的结尾,叙述者落得被"他人"窥视着了,此中含义,庄严沉挚不可方物。

附录昆泰罗在评价木心的《答客问》(本集第四章)时,他这样写道:"木心是大智者(a Sage),他的语流回环浩荡,浚泓无底,唯其机智而旷达,所以他洞察世物锋锐无阻,使人觉得他是在启示录的边周逆风旋舞。"

提摩西·斯蒂尔(Timothy Steele)

(美国新形式派诗学健将,
加州州立大学洛杉矶分校英语教授)

斯蒂尔说:木心的小说,以稳健含蓄的笔致,唤起宏丽琼渺的想像,这一文体的品质是极为宝贵不可多得的,读木心的小说,每每使我想起霍桑,两者很不同却又很相通,这种感应、共震,真是微妙,令人难以为怀——生命看如平凡,但在烦琐的麻木的表面之下,潜伏着无处不在的神秘感,喷薄涌动,不舍昼夜。

我着手迻译木心的部分作品是在一九九四年夏天,九六年秋,我收到美国《北达科他文学季刊》(简称 *NDQ*)的主编、小说家罗伯特·路易斯的信,他说:

"编辑部对寄来的两篇木心小说的英文稿非常喜欢,决定采用。"并且问,"你可否再多寄一些(木心的作品)给我们?"一九九七年春季号 *NDQ* 以首席版位发表了木心的两篇小说,及十二题长篇《答客问》。*NDQ* 的编辑按语的开头是这样写的:"这一期本来是没有什么特别,后来收到了木心的作品而变得特别了。"

唐纳德·琼金斯（Donald Junkins）
（新英格兰著名诗人，麻州大学英语教授）

琼金斯读了木心短篇小说的英译本后，在电话中以兴奋的语调说，他原是很喜欢短篇小说这一文学形式的，但十多年来看不到好作品，失望而不再关怀，而今读到木心的小说，他陶醉了（intoxicated），读了又读，觉得篇篇精彩，"说不定出现伟大作品的时代又要来了"，诗人琼金斯如是说。

今早（八月十二日）接琼金斯的电话，说他正在写一段对木心的评语，让我再给他三个星期。